極上社長と子育て同

ない

ナツ之えだまめ

幻冬舎ルチル文庫

CONTENTS ✦目次✦

極上社長と子育て同居は甘くない

✦カバーデザイン＝久保宏夏（omochi design）
✦ブックデザイン＝まるか工房

イラスト・麻々原絵里依✦

極上社長と子育て同居は甘くない

■01　パーティー会場

その男が現れた瞬間に、場内のムードは一変した。

シャンデリアも、楽団の音も……――そう、窓の外の海中を、光の軌跡を残しながら泳ぎ渡る、古代の水棲動物たちさえも、端役と化した。

宇喜田光太朗《うきたこうたろう》。三十二歳。

この遺伝子操作の進んだ中央都市においても、めったに現れることのない、最上位のSクラス。特別な男。

生けるダイヤモンド。

つやのある髪、澄んだ瞳、高い鼻梁《びりょう》、なめらかな頬。

百八十を超す長身は、タキシードを理想的に着こなすことができる細身だった。

彼の所作のすべてが、輝き、自ら光を放っているかのようだった。

「なんて、きれいな男なんでしょう」

「Sクラスですもの。当然よ」

「若くして、アンドロイド会社、フォースクエアの社長だとは。さすがとしか言いようがない」

ささやきが、さざなみのように広がる。

社長は、シャンパングラスを手にすると、微笑《ほほえ》みながら、言った。

「本日は、当フォースクエア所有の船舶、アナディオメネ号の処女航海にようこそ。アナディオメネとは、イタリア語で『海からの誕生』を意味します。当社が開発した古代の水棲生物たちも、この旅にお供します。どうぞ、船窓にお手を触れてください」

照明が落とされる。

窓の外を、首長竜がゆったりと通り過ぎた。年かさの女性が、いくつもの指輪が光る手をかざす。そこに、小さなウミサソリがやってきて、彼女の手をつついた。

「あら、まあ」

続いて、巨大な鯨《くじら》が、その尾をひらめかせながら、目の前を横切っていく。その軌跡は、ちかちかと発光し、星のようにまたたいた。

「素晴らしい！　すでに芸術だね」

「おほめにあずかり、光栄です」

彼と離れたあと、社長はほんの少し、眉をひそめた。それは、ほかの人間にはわからないほどであったかもしれないが、秘書である浅野友也《あさのともや》は見逃さなかった。

斜め後ろに控えた浅野友也は、そっと社長に耳打ちする。

「先日、市議に当選された、小菅《こすげ》様です。次の市長を目指しておられます」

「ああ、そうだったね」

また、社長にグラスを持って、近づいてくるものがいる。

「秋山様《あきやま》です。秋山サイバネティクスを経営されていらっしゃいます。このまえの市のコンペで、うちに負けたことで、たいへんご立腹だとうかがっております」

「そういえば、なにか言ってた気がするなあ」

友也は、身長は百六十八センチ、体重は五十五キロ。遺伝子のうわずみをすくい取る、この中央都市では小柄なほうだ。出身は都市の外である郊外。クラスは落第生に近い、Gクラス。

——おそらく、この中央都市において、正規の職に就いている中で、最もクラスが低いのは、自分だ。

これには自信がある。

断言できる。

この中央都市正規職員は、AかBクラスがおもで、ときおり、CかDクラスを見かけるくらいだ。

フォースクエア内には、Cクラス以下はいないことを、友也は知っている。

このフォースクエアという会社は、十五年前に、まだ学生だった現社長、宇喜田光太朗が立ち上げた。最初は、倉庫を改装した工場でごく数人で始めた会社だったが、そのアンドロイドの精緻《せいち》さと安全性から、あっというまにこの中央都市での地位を築いた。

当然ながら、それは、既存のアンドロイド会社を押しのける形になった。社長の作るアン

ドロイドは、それほどに優秀だったのだ。

秋山は、中央都市には珍しく、おそろしく痩《や》せた男だった。クラスはAだったはずなので、しかるべき食生活とジム通いをすれば、筋肉質になるはずなのに。

さらに、ひじょうにネガティブで陰湿な性格でもあった。

「相変わらず、珍しい動物をおそばにおいていらっしゃいますね」

相手にそう言われても、社長の微笑は微動《びどう》だにしなかった。だが、その目に鋭さが加わったことが、友也にだけはわかった。

緊張が、二人の間に走った。

社長が、手にしていたフルートグラスを友也に渡す。

「珍しいとは、うちの秘書のことでしょうか？」

「いえいえ。褒めているのですよ。さすが、慈愛の心に満ちていらっしゃるなあと」

社長自身をおとしめるのは難しいと思ったのか。彼は、一番近く、直接の部下である友也をさげすみ始めた。

社長は、穏やかな口調をまったく崩すことなく、少しだけ首をかしげて、困りましたねとつぶやいた。

「そのように思われていたのでしたら、心外です。私は、慈善から秘書を採用したわけじゃないですから。そうですね……」

社長はうなずく。

「たしかに、うちの秘書は珍しい男です。優秀で、冷静なのに、中央都市の振り分けではGクラスとなっている。これは不条理です。仕事のできる男を採用したら、たまたまGクラスだった。私にとってはそれだけなのですがね。いたって合理的でしょう。必要だから、秘書にした。それだけのことです」

おかげさまで、ますます仕事が順調でありがたいことですと、コンペでのことをあてこするのを忘れない。売られたけんかとはいえ、見た目の優男《やさおとこ》ぶりからは想像もできないほどに、切り返しは鋭い。

「それは……そうでしょうね」

なにを言っても不利になると思ったのか、彼は社長から離れていった。

社長が手を出したので、友也はフルートグラスを彼に返した。いかにも喉が渇いたというように、彼はグラスのシャンパンを飲む。唇がぬれて、桃色の舌がそこを舐めた。ハンカチーフを出し、すっとぬぐう。

「ありがと」

「こちらこそ、ありがとうございます」

社長は、心底、ふしぎそうな顔でこちらを見ている。

「かばっていただいて……――嬉《うれ》しかったです」

「ああ」

ふんわりと、彼は微笑んだ。

「ほんとのことだから」

彼には、わからないのだろう。どんなに、自分が彼の言葉をありがたいと思っているかなんて。そう言われて、救われたとさえ、思っていることなんて。

「社長に、ご迷惑をかけてしまうかもしれないのに」

「迷惑ってなに？　向こうが、実力で勝負をかけてくるなら、受けて立つけど？　ああ、悪口や陰口なんて、なんとも感じないよ。いつものことだもの」

「社長に悪口を言われるほどの、欠点はないとお見受けしますが」

「ふふ」

社長は、口角を上げた。シャンパンに口をつける。

「ぼくはほら、昔から際立っているから。かまわれるのは大好きだから、気にしなくていいよ。それに、おまえが優秀なのは事実だからね。あ」

次のゲストが、近づいてきていた。

それは、生きた花のようなハイクラスの女性だった。女優で、片手にやはり、フルートグラスを持っている。社長は、彼女にとろけるような極上の笑みを向けた。甘い微笑だ。

この人は、いくつの微笑のチャンネルを持っているのだろう。そんなことを、友也は思う。

そして、この顔を見せているということは、この彼女が、今夜のお相手だということだ。こういった事態には慣れている。今まで、何人の女性に、彼はこうした甘い笑みを投げかけたことだろう。

そしてそれを見つめるたびに、友也の胸はきりきりと痛むのだ。

「それじゃ」

女性がひとしきり話したあとに、離れていく。友也は社長に耳打ちする。

「コンチネンタルホテルのロイヤルスイートを予約しておきました。彼女が好きな花とお夜食をお届けしています」

社長は目を細める。

「さすが、うちの秘書」

「光栄です」

恋愛ごとにおいて、社長は蝶《ちょう》のような人だ。とりどりの、花から花へと忙しい。

「……なに？」

「いえ。気ぜわしくはないのかと。ときには、もう少し、深くおつきあいなさってもよろしいのでは」

秘書としては出過ぎたことと思いながらも口にする。

社長は、天井をあおぐと、「あきる」と言った。

「恋愛感情は、つきあうまでだよ。最初の夜が、最高のクライマックスで、あとはもう、惰性で、つまらなくなる一方だ」

他の人が聞いたら、目をむくようなことも、この人が言うと、これが中央都市のSクラスの考え方なのかと納得してしまう。

「一人の人間とずっとなんて、合理的じゃないでしょ」

「さようですね」

同意しながらも、胸が痛むのは止めようがない。腹の底からどろりとした感情が噴出して、臓腑《ぞうふ》をさいなんでくる。

心なしか、胃が痛んできたような気がする。

ぐっと奥歯をかみしめて、友也はそれに耐えた。

■02 フォースクエア

それでも、仕事は待ってくれない。

Gクラスだから身体《からだ》が弱い、Gクラスだから仕事ができない。そう言われることは、友也がもっとも忌避することであった。明日の準備を周到に済ませてから、秘書室を出る。すでに深夜だった。

中央都市の一等地にあるフォースクエア社屋。地上四十階建てのこの自社ビルの最上階フロアには、社長室や秘書室と展望室がある。すでに正面玄関が閉まっているために、人のいない展望室に、友也は足を踏み入れる。

中央都市の夜景が、一面に広がっている。ネットワークと計画性と合理性をモットーとするこの街。

こういう夜には、憂さ晴らしをするに限る。

この展望室は、市内の小学生の社会科見学のコースになっている。そこで、活躍するのはこれ、社長のアンドロイドだ。

「よく似ている」

毎日、そばにいて、仕えている友也でさえもこの薄暗い常夜照明の中では二度見するほど社長にそっくりだった。本人がノリノリで全裸をスキャニングさせたという噂《うわさ》さえある。それが、銀に輝くメタルカラーのタキシードをまとって、こればかりはいかにもなアンドロイド的な歩き方で、こちらに近づいてきて、両手を大仰《おおぎょう》に広げて、こう言うのだった。

「なにか、質問をしてごらん？」

ぷっと笑いそうになってしまう。なんだ、この、動き。フォースクエアの技術力なら、もっとなめらかに、人間そっくりに仕上げることが、いくらでも可能だろうに。これでは、まるで「機械人形」だ。話し声も、明らかに社長のボイスサンプルを使用しているのに、トーンは作り物に近い。

おそらくは、あまりに人間に近くしてしまうと、見学に訪れた小学生たちをがっかりさせてしまうからだろう。

その気持ちはわかる。

人と区別がつかないよりも、アンドロイドはこのくらいのほうがいい。

この、社長のアンドロイドは、おどけたしぐさで近づいてきた。いつものように。

「なにか、質問をしてごらん？」

今こそ、友也の憂さを晴らすときだ。

「質問はないけれど、文句はあります。聞いてくれますか？」

「喜んで、お伺いいたします」

「あのですね。次々、彼女をとっかえひっかえって、これが郊外だったら、ただじゃすまないところですよ。もうちょっと落ち着いてください。その彼女と過ごすホテルの手配まで……。やりますよ。やりますけどね。頼られたら嬉しいですから。でも、めちゃくちゃきついんですよ」

ため息。

泣きたくなる。

「なんで、あなたなんて、好きになったんだ。もう、かんべんしてください」

人の気配がした。慌てて振り返ると、統括秘書である木村《きむら》が、痛ましげにこちらを見ていた。いつもより、ややくだけた服装をして、髪もおろしているところを見ると、一度帰ってから、戻ってきたらしい。

「木村さん」

「ごめん。明日、出先に直なのに、忘れ物したのに気がついて……」

同じフロアで働く彼女には、何度か、この光景を見られている。今さらたじろぎはしなかったが、弱っているところを見られたのは、失敗だった。

「社長には言わないでください」

「言わないけど、たまには、直接、がーんと言ってやったら?」

「言えないですよ」

彼女は、ロークラスの自分を「区別」しない。よき同僚だ。

自分の気持ちを知っている、唯一《ゆいいつ》の人でもある。

「あれじゃない? 雛《ひな》が最初に見たものになつくみたいな」

否定できない。だが、雛の身になってほしい。彼女が自分に不条理を説いているのは、わかっている。雛だって、もしかしたら、これは間違っているのかもしれないと薄々は気がついているのかもしれない。だが、雛にどうすることができるだろう。今さら、ほかのものについて行く選択肢はないのだ。

「あのね。友也くん。あんたは、社長を絶対視しすぎ。女性関係の面倒まで見させるなんて、社長はあなたに甘えすぎなのよ。もう、『ふざけるな』って言ってやればいいのに」

想像してみた。社長に、「いい加減にしてください」と一蹴《いっしゅう》する自分を。そのときの、社長の反応を。想像してみた。社長は、ぽかんと口をあけている。そして、「え、どうして……?」と、心底わからないという顔をしているのだ。

そのあと、なにを言われるか。

——いやなら、いいんだよ。だって、希望者はたくさんいるんだからね。お疲れ様。郊外に帰るといいよ。

いやだ。そんなの、おそろしすぎる。

「そんなことしたら、もういらないってなるかもしれないじゃないですか」

今、社長の閨《ねや》ごとまで管理することは、つらくないと言うと嘘になる。だが、いらないと言われるよりいい。ずっと、ずっと、いい。

木村さんは、くしゃっと顔をゆがめた。彼女は、ほかのハイクラスよりも、感情が豊かで、話しやすい。

「うう。そんなけなげな。社長もあんたに甘えすぎなのよ。好きなように使って平気なんだから。一生を食い物にされるわよー」

「それでも、いいんです。望むところです」

木村は目を閉じると、長く嘆息した。彼女は以前は、社長づきの秘書だった。そのときのことを、思い出したものらしい。

「社長って、心のすきまにすっと入り込むの、うまいからなあ。Sクラスの社長は、Aクラスの私とも違うのよね。まあ、あんたがいいなら、いいけど。じゃ、また明日ね」

からりとそう言うと、彼女は、フロアを横切り、従業員用のエレベーターホールに入っていった。

木村が去っていったあと、友也は周りを見回して、だれもいないことを確認する。

アンドロイドに命じる。

「かがんで。ぼくと顔が同じになるくらいに。そう」

その唇に口づける。

このアンドロイドはふれることは想定していないので、冷たい。だけど、その唇の柔らかさは、きっと本人と同じだ。

「それでも、あなたが好きなんです。まったくもって合理的じゃないのに。ばかみたいでしょう？」

友也は、そんな自分を思い切り笑い飛ばしたいのだが、なぜだか、笑顔はゆがんでしまうのだ。

「ほんと。今すぐやめたいです」

社長をいくら好きでも、かなうはずなんてない。

「それなのに、思い切ることができないんです。自分の心なのに、自由にならないなんて、おかしいですよね」

この恋には、絶望しかない。

■03　友也の自宅（中央都市）

友也の自宅は、フォースクエアからトラムで七駅離れた場所にある。周囲にあるのは、すべて単身者用の居住マンションで、テイクアウトのデリや、コンビニエンスストア、気軽に立ち寄れる立ち飲みのバーなどが充実していた。

合理性をモットーとするこの中央都市では、ライフステージによって、住む場所が変わるのが通常だ。「家を所有」する者はおらず、パートナーができたら、子育てを開始したら、年を経たら、それなりのところへと移り住んでいく。

部屋に入ると、バスルームにキッチン、リビング。そこにベッドルームが併設されている。

最初は、インテリアに凝ってみようとタペストリーを北欧風にしてソファを置いてみたのだが、だれが来るでもない部屋をしゃれのめしてみても落ち着かないので、今は、リビングにベッドを持ってきて、そこに小さなテーブルを出して食事もしている。ベッドルームは完全に倉庫と化している。

その、広いベッドの真ん中に、大の字に寝そべり、さきほどの社長のアンドロイドのことを考えている。あれが、社長本人だったら。

友也の妄想の中の社長は、いつも優しい。

優しくふれて、キスして、それから……。

――友也……。

ぜえぇっったいにあり得ない。妄想だ。息苦しい。あの、美しく、アンドロイド以上にそつがなく、外交上の笑顔のレベルを上げ下げできる社長が、自分に愛をささやく。あり得ないことでも、想像してしまうのが、理不尽《りふじん》だ。

「はあ……」

しかも、今頃社長は、先ほどの女性と甘い一夜の夢を、社長曰《いわ》く、最高のクライマックスを楽しんでいるのだとわかっているのだ。

――直情型で思い込みが激しく非合理。

自分の遺伝子クラスを判定されたときには、一体自分のどこがそんなに「直情型」で「思い込みが激しく」、「非合理」なのかと、憤《いきどお》ったものだった。その、憤りさえ、中央都市の管理システムによれば、「Gクラス」のあかしなのだと気がついたときには、心底心が凍り、脱力した。

友也は立ち上がり、窓から外を見る。

そこには中央都市が広がっている。秩序と合理性を重んじる、都市生活者が住む世界だ。

社会的な生活のみならず、それは、私生活にも及んでいる。

社長のように、特定の恋人を持たない人間も多くいる。結婚という制度は一応あるが、一世代昔のものと考えられている節がある。この都市は、子どもの生活を保障している。それはつまり、優秀なハイクラスの子どもであれば、学費が実質無料になる、手厚いシステムであり、生活のバックアップであり、自分の肉体を酷使しなくても子どもを持つことが可能な、この都市のシステムである。

家族も、夫婦も、墓すらない世界。

圧倒的に効率的だ。

遺伝子工学に基づき、生まれる前に選別される世界。優秀な、病気やストレスに強い子どもが量産される世界。そこから、働き手としての個人が最優先され、介護や子育ては、都市に一任してしまえる社会。

中央都市と郊外は、かつては、あまり変わらなかったと言われる。だが、そこからなんと、都市と郊外は隔てられてしまったのだろう。

都市では、給料が桁違《けたちが》いだ。だからこそ、ここに就職先を求める郊外の者も多い。

友也もそうだった。

そうしなければ、平等をうたう都市の大学の奨学金、実質的には借金を返していけなかったからだ。

思い出す。

――就職活動中は、まったくもって、悪夢そのものだった。二度とやりたくない。

浅野友也は、生粋《きっすい》の郊外出身者だ。遺伝子操作されていないので、Gクラスだ。ゆえに、いくつかの致命的ではないが、潜在的な遺伝的疾患の種を持ち、「直情型で思い込みが激しく非合理」という評価を受けている。

大学まではよかったのだ。そのときまでは、自分は成績のいい学生であったし、努力すれば、確実に成果となって報われた。だが、就職となれば別だった。エントリーシートには、クラスを記述せねばならない。

就職において、クラスごとの「差別」はない。そういうことに、建前上はなっている。エントリーするだけなら、どこでも受け付けてくれるし、就職試験だって受けさせてくれる。インターンをさせてくれるところだってあったのだ。だが、どこも、最終面接に至る前には断られてしまう。

表だっての差別はないが、そこにはあきらかに「区別」があった。

自分個人を見てほしかった。そのうえで断られるなら――腹は立つが――、まだ、しかたないと納得できるし、なんとなれば、これから反省し、改めることができる。だが、これはどうだろう。

社会的クラス。

それは、多くの中央都市生活者にとっては、錦《にしき》の御旗《みはた》であり、恩寵であるのだろうが、友也にとっては、額《ひたい》にはっきりと押された烙印《らくいん》に他ならなかった。向こうが、どこに目をやっているのか、友也にはわかった。都市生活者らしく、顔には穏やかな笑みを浮かべて、極めてジェントリーな態度をとっている相手が、書類のある一点に目をやる。そのときに、何か表情を崩すとか、ましてやこちらに冷たくなるなどということはない。ただ、ほんの少しだけ、相手の動きが止まり、目がその箇所を往復する。それから、「よくも、うちの会社を受けようと思ったものだ」などという、心のうちなど、まるっきり感じさせないままに、彼、もしくは彼女は、関心を次の学生にうつしてしまう。

自分がよい成績を取ったことも、教授と良好な関係を続けたことも、友人と協力して部活を行ったことも、そんなものは、すべて無に帰してしまう。生まれてこのかた、努力とかこつこつやってきたことなんて、全部全部、無駄であった、やってこなかったに等しく、無意味だったのだと身にしみてくるのだった。

困ったのは、奨学金の返還だった。

友也は、中央都市で教育を受けていたので、当然のように奨学金を受けていた。中央都市の子女は、実質、返還義務から逃れることができている。それは、彼らのクラスゆえに統計学上、病気になる確率、精神疾患にかかる確率が低く、都市生活者であれば交通事故に遭う確率が皆無に近いからだ。

投資した場合、返してもらえる可能性が高く、取りっぱぐれがない。反して、Ｇクラスの友也は、もしかしたら、トラブルを起こすかもしれない、決定的な疾病《しっぺい》にかかるかもしれない。とにかく、都市がその利益を「回収」できる可能性は、ハイクラスに比べてはるかに低い。ゆえに、奨学金は返還義務を生じるのだ。

困ったのは、友也だった、就職した先がどこであれ、もしくは、就職できなかったとしても、奨学金の回収は始まってしまう。親は、一般的な郊外生活者であり、その当時は病気がちだった。姉夫婦にも、この高い学費を払える経済力はないし、頼むつもりもなかった。

結局、友也は、まじめさが買われて中央都市の清掃会社でバイトをすることになった。上司になったのは、ハイクラスの、だが、自分よりずっと成績の悪かったかつての同級生で、それがまた、友也の癇《かん》に障ったのだった。

それでも、友也には、ぐれたり、不正な行為に走ったり、裏道を行ったり、薬に溺《おぼ》れたりすることはなかった。そういう考えは、友也の中になかった。ただ、粛々と与えられた立場をまっとうすること、それしかできなかった。

「どうせ、なにをやったって、評価されるわけじゃないんだからさ。適当に、ちゃっちゃとやっちゃえばいいいいんだよ」

ロークラスの同僚にはそう言われたのだが、それができなかった。

合理的じゃない。

向こうが、こちらに応えてくれる気もないのに、一方通行に仕えているなんて、まったくもって、ばかみたいだとは思う。誠意やら、真意やらといった美辞麗句では片付けられない。友也には、そういったやり方しか、できないのだ。融通が利かないこと、はなはだしい。

そうやって、二年近く、働いていた。

その間に、両親は立て続けに亡くなった。

奨学金を、バイトで入った金から返還していたので、生活は苦しく、ろくなものを食べられない日が続くことさえあった。中央都市の摩天楼《まてんろう》はどこまでも続く。光を反射して、まぶしい。だが、それを享受できるのは、ハイクラスだけなのだ。

フォースクエアに清掃アルバイトとして派遣されたのは、単なる偶然だった。

強《し》いて言えば、アンドロイドを中心とした企業であるのに、どうしてか、社長室に、人の手が入ることを好ましく思っているようだった。

そこからは、彼の人柄が伝わってきた。

上等な絨毯《じゅうたん》、本物の、チェスナットのデスク、そして、壁一面のクラシックレコードの収集癖。レコード！

ふれたら傷のつく、宝石のようなそれらは、エアカーテンが吹き出る戸棚に収められ、ときおりは、一枚がターンテーブルにのせられていた。そのときには、解説文、ライナーノートがデスクの上に置きっぱなしになっていて、ときにはそこに、付箋《ふせん》が貼りついていた。それをそっと破れないように剝《は》がしたのも、一度や二度ではない。

清掃が早く終了したときには、展望室に行く。ここの会社の人にとっては、おそらくなんということもない、普通の景色なのだろう。自分にとっては、決して届くことのない場所だ。ここを内部から見ることができたら、どういう気持ちがするのだろう。今までやってきたことが報われる、ふつうに、どこかに所属している、やったことが評価されるというのは、どんな心地がするのだろう。

つい、数年前までは、それがあたりまえだったのに、いつの間に、こんなに、遠ざかってしまったのだろう。

「質問をしてごらん」

近寄ってきた人に驚き、声をあげそうになった。

「あ、あなたは……あなたは、どなたですか？　私は……」

清掃会社の者ですと名乗ろうとしたのだが、その人物は、にっこりと微笑んで、

「私は、このフォースクエア社長、宇喜田光太朗」

「すみません。こっちの機械の様子を見に来て……！」

そう言って、友也はさらに頭を下げた。

「ほんとは、ちょっとだけ、外を見たかったんです。すみません」

「……の、アンドロイドです。なんでも、質問してください」

「アンドロイド……？」

展望室の常夜照明は暗い。その中で、そのアンドロイドは、淡い光に反射する、メタルカラーのタキシードを身にまとっていた。そんな服、ふつうの人が着たら、笑ってしまうだろう。郊外では、結婚式の新郎かテレビの中の漫才の人しか、身にまとわない。だけど、この人は違う。

こんな人がいるわけない。

こんな、完璧《かんぺき》な美貌《びぼう》が、この世にあるわけがない。

アンドロイドだということに納得し、そして、安堵《あんど》した。

フォースクエア社長、宇喜田光太朗。

本物にはお目にかかったことはない。だが、思うのは、こんなに美麗な、人間離れした造形が、そうそうあってたまるかということだった。おそらくは、このアンドロイドを作った人間が、頼まれたか、気を利かせたのかはわからないが、あえて、より美しくしたのだろう。

それでも、このアンドロイドと話すことは楽しかった。友也は、中央都市でバイトを始めてから、ほとんど人と話すことはなかったのだが、このアンドロイドとだけは、よく話をした。とはいえ、一方的ではあった。

たいていはつまらないことだ。仕事で、いわれのない嫌みを言われたこと、朝、日が昇れば自分の住み家に閉じこもり、そこから昼中外に出ることもない生活。そして、夜が来て、ほかのハイクラスの都市居住者たちが、仕事から解放されて家路を急ぐころに、吸血鬼かさすらう野良猫のように、この街に出てくる自分の情けなさ。それでも、奨学金を支払うためには、この仕事を続けるしかない。

ある日のことだった。日の差さない地下にある、スタッフルームで、友也は退勤の着替えをしようとしていた。

「おまえとあともう少しだと思うと、残念だ。寂しくなるな」

そう言ってくれたのは、同僚の初老の男だった。彼は友也と同じ、Gクラスだった。男は、孫娘がたいへんに賢く、どうしても上の大学を目指したいと言って聞かないのだと話していた。だから、この中央都市でバイトをして、彼女が都市の学校に通えるように、貯金をしているのだと、言いながら、咳《せき》をした。

「身体は、大丈夫なんですか？」

心配してそう言葉をかけると、彼は、真剣な、こちらを射貫くような目をして言った。

「言わないでくれ。ただ、ちょっと風邪《かぜ》をひいただけなんだ。具合が悪いことを知られたら、きっと私はクビになってしまう。そうなったら、孫の学費を貯《た》められなくなってしまう」

風邪にしては、彼の咳は乾きすぎていたし、それに、顔色が悪すぎたような気がしたが、ここでの職を失ったら、次は保証されず、職を見つけたとしてもそれが郊外であれば、ここほどの給与の高さは見込めないだろう。

彼の気持ちがわかってしまう。一寸の虫にも五分《ごぶ》の魂。どうしたって、譲れないものがあるのだ。

自分が、破産宣告されるのがいやなために、ここでのバイト生活を続けているように。

そのときに、ドアが開いた。

「ごめんね。セントラルクリーニングのスタッフルームは、ここで間違いないのかな」

そう言って、入ってきたのは、自分が展望室でいつも話しかけているアンドロイドに相違なかった。違う、そうじゃない。アンドロイドは、あそこまで整っているから、これ以上のものなんてあるはずがないと信じ込んでいた。

だが、違う。

あの、冷たいアンドロイドに命が吹き込まれたら、さらに、美しく、まばゆくなるのだ。

ここの社長がSクラスなのは、知っていた。

だが、こんなに、ロークラスと違うとは。

彼は光り輝いている。あのアンドロイドは、彼のことをバージョンアップさせたもの、言わば、フォトレタッチソフト仕上げの立体バージョンだと思っていた。

違う。

とんでもない。

あのアンドロイドは、この実物の劣化コピーに過ぎない。

「あの……？」

彼は、戸惑ったようだった。ドアを確認する。なんの変哲もないスチールドアには、「セントラルクリーニング・スタッフルーム」と書かれているはずだ。そのドア目指してやってきたのにと言いたげだった。

「間違いないですが、そちら様は？」

同僚の男が、彼に問いただす。彼は、今、自分が清掃しているビルの持ち主、社長の顔さえも知らないのだ。だが、そんな彼のことを、自分はまったくもって笑うことなどできない。

昼と夜、太陽と闇、表と裏。

ここでのハイクラスとロークラスは、それほどに隔たっている。

ひどく場違いに思えて、友也は彼になんと言っていいのかわからずに、あいまいな笑みを浮かべていた。

「申し訳ないんだけど、ぼくの部屋の清掃担当はまだいる？」

嫌みでもなんでもなく、自分が何者か、知っていて当然といった態度だった。一瞬、逃げようかと、友也は思った。雇用主はセントラルクリーニングであり、苦情があったら、それは、直接ではなく、会社のほうに言ってもらうのが筋というものだろう。同僚もそう思ったらしく、黙って、やり過ごそうとしていた。だが、結局、友也は、黙っていられなかった。

——直情型。

あの、憎たらしい中央都市のシステムであったなら、そう評価したのに違いない。それは、「しなくてもいいこと」だと。だが、友也は手を上げた。

「私です。なにか、粗相がありましたでしょうか」

同僚が目で制している。

おまえは、どうして素直に手を上げてしまうのだ。そのまま、なにも言わないで、苦情は会社のほうにと言えば、なにごともなく過ぎるかもしれない。とぼけてしまえばいいのにと。

だから、だめなんだ。おまえは。

「ああ、きみ」

その人は胸の名札を確認して、言った。

「浅野、友也くん。苦情じゃないんだけど……ちょっと、来てくれないかな?」

その口調は、ハイクラスらしく、穏やかで、機嫌が悪いとか、腹が立っているとか、そんなふうには思えない。

「なにを、言われるんだろう?」

正直、生きた心地がしなかった。すでに、日は昇った。明るい表玄関からは、会社に出勤してくる社員の姿がちらほらと見えている。その中、セントラルクリーニングの灰色の制服を身にまとって、エレベーターに乗っている自分は、場違い以外の何物でもなかった。

朝の展望室は、小学生の社会科見学がすでに入っており、アンドロイドの社長が、メタルカラーのタキシードに身を包んで、「なにか、質問をしてごらん？」と微笑んでおり、そこに向かって小学生は、「何歳ですか？」などと、しょうもない質問をしているのだった。

社長室には、秘書室から入る。自分の勤務時間は過ぎていたので生体認証が無効になっており、ドアを閉められそうになる。社長は、その長い指でドアを押さえると、「客人一名を招き入れるので、認証するように」と命じる。どこからともなく、声が響いてきた。

「承知しました」

わかっている。頭では、この人がこの会社の社長で、特権パスワードユーザーだから、こうなることは理解している。経済学を専攻したのだが、コンピューターの知識も多少はある。それなしには、今日の中央都市は立ちゆかない。

だが、自分には、この人だから。この、まばゆいSクラスの人だからこそ、機械も、言うことを聞くように思われた。

秘書らしき女性が、自分のデスクから腰を浮かせて、驚いていた。

「社長？」

「うん、ちょっと聞いてみるだけ」

いったい何事が起こったのかと思ったことだろう。彼は、ドアを開いて押さえた。

「さ、入って、入って」

「はい」

社長室には、外から光が差し込んでいた。

ふうと彼は、息を吐いた。どうしたの？　なんでも話してごらん。そう言わずにはおれないような、悲しげな吐息だった。

「木村さんに怒られちゃったんだけど、ここにあった付箋を知らないかな。昨日には、たしかにあったのに」

友也は顔をしかめた。ここにあったはずのものがない。もしかして、自分は盗難を疑われているのだろうか。

「もし、わかったら、教えて欲しいんだよ。ぼくは、どこにやったのかな？　すごく、いいアイデアだったのに」

そんなの、自分で考えろと、ほかの人間相手にになら迷わず言ったであろう。だが、友也はそうは言わなかった。その代わり、聞いてみた。

「昨日、レコードをお聴きになりましたか？」

「聴いたよ？」

なんで？　というように、彼は、友也に聞き返してきた。

自分が、彼を助けてもまったく、得なんてないのに。それなのに、そうしたいと願ってしまうのは、まったくもって……――不条理。

「タイトルを教えていただけますか？」

「うん？」

彼の言うレコードは、棚に収まっている。毎晩、このレコードの棚を見つめてきた。場所はわかる。清掃用の新品の白い手袋を取り出すと、手にはめた。レコードは、今はもう、プレスされていないものがほとんどだ。デッドストックで、調べてみたところ、一枚が数百万円の値がついているものも珍しくなかった。そのレコードに傷がついたら、弁償しようがない。慎重に、レコードを選んで、ライナーノートを取り出した。そのライナーノートの裏側に、付箋が貼りついていた。

「あった、あった」

うれしそうに、その付箋にキスをしているのが、無邪気だった。心からよかったと思う。

「それにしても、よくわかったね」

「いえ。ライナーノートに付箋を挟んでしまわれたことがあったので、もしやと思いまして」

「最近、付箋がちゃんとデスクの上にあると思ったよ。自分がしっかりしてきたのかと思った」

彼は、社長室との境のドアを開くと、ひらひらと付箋を振った。

「木村さん、あったよー。新製品の立体造形ファイルのパスワード。もう大丈夫だよー」

「よ、よかったー」

木村と言われた、友也よりも若干年齢が上と思われる女性は、都市生活者にしては、大仰な感情を見せて、デスクの上に突っ伏した。

「えー……」

そんなだいじなものを、こんなところにひょいと挟んでしまうなんて。そんなんで大丈夫なんだろうか。

「ありがとう、ありがとう」

スキップするような足取りで、手を取られてくるくると回された。毛足の長い絨毯に足を取られそうになる。

「そうだ、お礼に食事をしないか？　そうしよう」

「あの、でも」

自分は、作業着姿だ。もちろん、通勤用の着替えは置いてあるが、目の前の、上等すぎる光沢のあるドレッシーなシャツを身にまとっているこの人と、食事に行けるような格好ではない。

ベン図というものを、友也は思い出していた。くるりと円があり、Aという円とBという円が一部重なっている。その重なり合うところだけ、濃く色が塗られていた。AでありB。

重なり合うところ。食事場所として、そこが、見当たらないのだ。

「ん？　ぼくと、食事に行くのは、いや？」

そう言って、彼が非常に残念そうに、先ほどまでの元気はどこへやら、肩を落として嘆息したので、友也は慌てた。正直に言った。

「違うんです。ぼくは、あなたと、食事に行けるような服じゃないんです」

彼の顔が、ぱっと輝いた。

「なんだ。じゃあ、いっしょに食事すること自体はかまわないんだね？」

「はい」

「なんか、食べられないものとかある？　好きなものは？」

そう言われても、最近食べたのは、住んでいるアパート近くの売れ残りデリとか、そんなのばかりだ。

「は、ハンバーガー？」

ハンバーガーショップであれば、そこまで気兼ねしなくても大丈夫なのではないか。そう思って、提案してみた。社長は、にっこり笑った。

「了解だよ。ハンバーガーだね」

うん、違う。

中央都市のハンバーガーってこれなの？

一番下と一番上には、全粒粉の丸いバンズがあることは認める。だけど、まんなかには、アボカドとオニオンスライスとピクルスとレタスとマヨネーズソース、さらに最上級の牛肉をミンチにして丸めたハンバーグがある。それは、二十センチほどの高さに積まれ、上に乗っているバンズは、落ちないようにと、お上品に銀に輝くピック、つまりは、楊枝《ようじ》が刺さっている。添えられているのは、いかにも栄養価に富んだ、おそらくは無農薬の野菜から絞り出されたジュースだ。友也は、簡素な洗いざらしのシャツに、すり切れたジーンズという出で立ちだったが、あきらめて、その巨大な山のような「ハンバーガー」を始末することにした。右手にナイフ、左手にフォーク。西部劇のガンマンになった気分が味わえる。

肝心の味は、まったくわからない。

目の前の絵画から抜け出てきたような男が、完璧なマナーをもってして食べているのと同じものを食べているなんて、信じられない。

「ハンバーガー、おいしくない？」

心配そうに、彼が言った。

「いいえ、おいしいですよ？」

そう言って、笑ってみせる。

「でも、不思議ですね」

「なにが？」

「だって、」

友也は周囲を見回した。ここは、港近くにあり、ヨットハーバーがあるマリーナだ。全面が硝子《ガラス》張りの店内からは、マリーナの様子がよく見える。大きめのヨットに白い帆が張られ、もう少し離れたドックには、個人持ちのクルーザーが接岸している。青い海はゆらゆらと揺れ、海風にカモメが混じっているのが見える。

「どうして客がいないのかなと思って。こんなにおいしくて、マリーナの目の前なのに」

「ああ、なんだ。そんなことを気にしていたの？」

彼は、両手を組んだ上に顎をのせて、晴れやかに笑った。

この男。宇喜田光太朗。Ｓクラス。若くして、アンドロイド事業の中枢をなす企業の社長。

彼は答えた。

「それはね、今日はランチタイムは丸々ぼくが予約させてもらったからだよ。つまりは、貸し切りってこと」

「貸し切り？」

小さめの結婚式なら、充分にできそうな店内を、友也は見渡した。

「そんな。もったいない」

「ん？　でも、友也がいやなんでしょ。ぼくは気にしないけど、きみが気にしていたから」

そう言って彼は、晴れ晴れと笑う。

「ハンバーガーは特別に作ってもらったんだけど、肉はどれもおいしいし、ここのワインもなかなかいける。それに、一番はシーフードがおいしいんだよ」

「そう言ってくれたら、シーフードにしたのに」

ああ、もしかして、この店がシーフードが有名というのは、都市では周知の事実なんだろうか。

「ちょっとお酒を頼む？」

「はい、じゃあ、ちょっとだけ」

そう言ったのは、さきほどのシーフードの件があったからだ。シーフードの店でハンバーガーを出させてしまった。だとしたら、こういう店で酒を飲まないのも、マナーに反するのかもしれない。

「じゃ、これを」

彼が指示する。

「昼間っから飲むのは、行儀悪いって人もいるけれど、明るい外を見ながら、太陽の光の下でお酒を飲むのは、なかなかすてきなことだよね」

「はあ。そうですね」

そういう経験がめったにないので、返事が適当になってしまう。

蜂蜜《はちみつ》色のとろりとした酒が、運ばれてきた。

「今回は、助かったよ。じゃあ、乾杯」

「なんにですか」

「この出会いに。それから、ぼくの救いの主に」

Sクラスってこうなんだろうか。天然というか……どこか、なんとなく、ゆるい？　大学で、ハイクラスの人間はいくらでも見たけれど、もっとこう、クラスに対していろいろと矜持《きょうじ》があったというか、悪く言えば、クラス至上主義でこだわっているみたいだったけれど。

面と向かって、「どうせ、ろくなところに就職できるわけでもないんだから、主席の座を譲れ」と言ってきたやつだっていたくらいだ。

「聞いてもいい？」

彼は無邪気だ。だからこそ、恐《こわ》い。

「どうぞ」

核心を突かれそうで、恐い。

「なんで、アルバイト生活に甘んじてるの？」

ほらね。あいたたた。

酒を、友也は飲み干した。デザートにふさわしい甘さだった。酒を飲んだのは、久しぶりのだ。飲めないわけではないのだが、酒に溺れてしまったらと思うと、口にしていなかったのだ。単純に、生活が苦しくて、酒に金を使う余裕がなかったということもある。

「私のことを調べたのなら、書いてあったはずです」

失礼なことを言っているのは、わかっている。こんな口の利き方をしたことがわかったら、バイト先から切られてしまう。それでも、言わずにはいられなかった。

「私は、Ｇクラスなんです」

「自分は汚物です」ぐらいの気持ちで、その言葉を口にしたのに、目の前のフォースクエア社長、宇喜田光太朗は、きょとんとした顔をした。彼は、間髪入れずに聞いてきた。

「うん、だから？」

「だから？　……――？　聞いてなかったんですか？」

「聞いてたよ。ぼくだって、社会的クラスのことぐらいは知ってるよ。でも、それはあくまでも、星座とか血液型ぐらいのものでしょ？　遺伝的な特質はあったにせよ、資質を決めるのは当人だ。違うの？」

「俺だってそう思います」

ああ、いけない。こんな口の利き方。

「でもね。たぶん……おそらく、中央都市では、違うんですよ。学校の成績以上に、今までの素行以上に、この、遺伝学的社会性っていうのは、ものを言うんです。いわく、『潜在的な遺伝的疾患の種を持ち、直情型で思い込みが激しく非合理』。いいところなんて、ひとつもないんです。Gクラスなんだ。努力しても、無駄だったんですよ」

「ほんとに、そう思っているの？」

ぐっと押し黙る。

「そうじゃないといいとは、願っています」

「そうだよねえ」

この、鷹揚《おうよう》さ。無邪気さ。それが、うとましくもあったし、うらやましくもあった。Sクラス。人から憧れられることはあっても、排斥されることはない。そういう人生を送れていたら、自分も、こんな軽やかな人になれたのだろうか。

「あり得ないな」

うん、それはすでに自分じゃない。そう思いながら、おかわりを頼んで、また酒を飲んだ。甘い香り。甘い味。カモメが鳴いている。空が青い。雲が白い。フロアスタッフは片隅で、用があったらすぐに飛び出せるように、身構えている。そして、目の前には、この、どこまでも傷のない、なめらかな美しい人が、幻想のようにいる。

「ありがとうございました」

うん？　と、社長はその顔を傾けた。

「どうして？　お礼を言うのは、こっちなんだけど」

「最後に、お目にかかれてよかったです。こんな機会、二度とないでしょうから」

「最後？」

言うつもりはなかった。必要もなかった。彼に出会ってからこっち、理不尽なことばかりしている。彼が、自分が焦がれても決して手に入らない、Sクラスの人間だからだろうか。それが、自分の心の奥のもの、コンプレックスを、まぶしく照らしてくるのだろうか。

「最後？」

「私は、配置替えになるんです。明日からは、違う会社の清掃担当になります」

「え、そうなの？　きみ、よくやってくれていたのに。もうちょっと上乗せするから、配置の変更を止めて欲しいんだけど……だめかなあ」

だめだよねえ、と、食後酒のグラスをもてあそびながら、彼はつぶやいた。それから、グラスを置くと、こちらを見た。彼はうなずいている。彼は言った。

「じゃ、きみ、ぼくの秘書になりなよ」

飲んでいた酒が、おかしなところに入った。ぐふっという音を立てて、口の端からこぼれそうになる。慌てて口の端をナフキンで拭いた。

この人は、なんてことを言うんだろう。なんと、荒唐無稽なことを。

「あの……？」

「うん、ぼくの秘書が、異動を願い出てるんだよね。そうなると、秘書がいなくなってしまうんで、困ってたんだ。なかなか、定着してくれないし」

「お申し出は……ありがたいですけど……不可能です」

「なんで？　なにか、問題あるの？　じつは、宇宙人とか？」

「なんですか、それ」

「うちの社の入社選考では、クラスは見ないよ。本人が優秀だったら、それでいい。クラスで振り分けて、ユニークな人材を見逃すなんて、愚かしいことだからね。ね、そうしなよ」

そう言って、我ながらいいことを考えたというようににこにこしている社長を目の前にして、友也は驚愕《きょうがく》を通り越して、ただただあきれていた。この人を、ここまでにしてしまったのは、周囲のせいなんだろうなあ。

できるものなら、やってみるがいい。そんな気持ちで、微笑んだ。

「わかりました。お願いします」

きっと、酔っていたんだろう。そうじゃなきゃ、こんな突飛《とっぴ》な話に、そうそうのっかったりするものか。

いや、違うな。それは言い訳で。ほんとうは、あきあきしていたのかもしれない。この代わり映えのしない生活から抜け出せないことに。そこに、天上から手を差しのばされたら、それはとるだろう。実際には、差しのばされたのは、握手の形の、社長の手だったのだけれど。

「じゃ、決まりだね」

彼は言った。彼が本気で困ったり怒ったり、するときがあるんだろうか。そう、友也は思った。

友也は、彼の手を握った。

温かい手だった。


すぐに、友也は思い知ることになる。

社長の嘘つき。

確かに、フォースクエアは、社会的なクラスを参考にして人材を確保したりはしていないのかもしれない。それは認めよう。だが、実際は……――

同僚の木村さん、社長づき秘書から統括秘書へと異動予定。Ａクラス。

チーフマネージャー。Ｂクラス。

ファクトリー主任。Ａクラス。

輝かんばかりのハイクラスの連続で、その中、自分だけだ。ロークラス、しかもＧクラスなんて。くわえて、郊外出身だなんて。さらに、眼鏡《めがね》をかけているなんて。

宇喜田社長は、おもしろい秘書を雇われたんですねと、そう言われて、「そうでしょう」と嬉しげに反応するのは社長ばかりで、友也としては、できたら目立たず、彼のサポートに専念したいと、ひたすらに思った。

身長が彼らほど高くないとか、顔の造作が整っていないとか、そばかすがあるとか、その辺はもう、ある程度、あきらめた。それでいいと思っている。ただ、眼鏡だけは、なんとかしたい。しなくては。

そのためには、生体コンタクトレンズをしなくてはならない。眼球の表面に張りついて、脳からの電気信号に反応して、焦点を結んでくれるレンズだ。高価なので、今の自分には手が出る値段ではないのだが、前借りしてでも作ってしまおう。

ハイクラスは、遺伝子工学的淘汰《とうた》が進んだ結果、眼鏡をかけている人間はほとんどいない。近視や遠視や弱視そのほかの眼病になる危険性は、限りなくゼロに近いのだ。

こんなことを言い出して、笑われるか、ばかにされるか、そんなこと気にしないでと言われるかと思ったのだが、思い切って言ってみたら、ことのほかに喜ばれた。

「わー、よかった。こんなことを言ったら失礼なのはわかっていたんだけど、友也のその眼鏡と髪型と服はいけてないからね」

え、ちょっと待って。自分が言いたかったのは、眼鏡だけで、髪型と服は別にいいんだけどな。そんなにいけてなかった？　めいっぱい、自分では、ぎりぎりのお金を振り絞って、いいスーツを買ったつもりだったのに。

「うん、そうだよ。これから、買いに行こう。きみにぴったりの服を。前から、それはないなーって思っていたんだよね」

「だったら、言ってください……」

「友也から言ってきたら、そのときには、アドバイスをしようと思っていたんだよ。ぼくの好きなようにしてもいい？　秘書になって、一ヶ月だよね。そのお祝いに、買ってあげる」

いらないので、アドバイスだけくださいと言いたかったのだが、社長と訪れた店には値段表示がなく、ふれた服地の手ざわりと、アンドロイドではなく生きたプロフェッショナルの採寸と、ちらりと見えたアトリエでお針子が針を進めている光景を見て、素直に甘えることにした。

「そうだ、住んでいるところはどこなの？　単身者が多いところを選んで、借りておくから、引っ越しておいでよ。近いほうがいいでしょ？　ぼくなんて、会社の屋上にあるペントハウスに暮らしているよ。出社ゼロ分。便利でしょ？」

「あんまり……甘やかさないでください。ここを出て行くときが恐いです」

「友也は、恐がりだね」

社長はそう言って、首をかしげた。

「うーん、わかった。じゃあ、こうしよう。きみが自分で出て行くって言わない限りは、ぼくから追い出したりしないよ。それを、誓うよ。それでいい？　うん、約束」

そう言って、ふざけたみたいに彼は指を出した。だが、その指を、友也は自分でも思ったよりもずっと強い力で絡《から》め返した。

「きみ、力が強いんだね。折れそうになっちゃうよ」

社長はそう言ったけれど、友也は本気も本気だった。

その日は、結局、一日かけて友也は身支度を調《ととの》えた。

社長の行きつけの美容室で、髪を整えた。

生体コンタクトレンズにして、眼鏡を手放した。

会社用のスーツをあつらえ、日常着も買ってもらった。

髪を切って、生体コンタクトレンズにして、身体に合った服を着る。

それだけで、この中央都市に少し近づけた。そんな気がした。

「うん。いいじゃない」

社長の、楽しそうな顔。

「思っていたより、ずっといいよ。友也はスーツもだけど、普段着もスクエアな服のほうが似合うね」

服が似合うと言われて、こんなに嬉しいのは初めてかもしれない。

「……ありがとうございます」

あのときに、奥から湧き上がった気持ち。

今までに感じたことのない、甘酸っぱい、なんだかむずむずするような感覚。こそばゆい。

心臓を羽毛でくすぐられているかのような。

この人の役に立ちたい。秘書として、いや、それ以上に使える人材でありたい。がんばるのだ。この人のために、全力を尽くすのだ。

思えばあれが、この恋のはじまりだった。

ああ。

戻れるなら、戻りたい。そして、叩き潰したい。己のこの恋心など。

社長が悪いわけじゃない。

彼は、今まで出会ったどんな人間よりも、仕事ができて、穏やかで、理性的だ。彼が怒ったところを、友也は見たことがない。いつか、見ることがあるんだろうか。社長が身も世もなく、焦りまくるところを、ぜひ見てみたいものだと友也は思う。自分に実害がなければ、の話だけれど。

「友也って、どうしてぼくが昼にローストビーフサンドが食べたいってわかったの？」

「今日の気温と、昨日の夕食、ジムのコース選択、今朝の朝食の召し上がり具合、社長の顔色や目線などから類推しました」

「コーヒーの濃さや温度もどんぴしゃり。今日は紅茶がいいなって思うと、紅茶が出てくるし。テレパシーが使えるのかと思ったよ」

「おそれいります」

それはいつも、社長の言動に気を配っているからだ。ある意味、テレパシーかもしれない。

前社長秘書の木村にも褒められた。

彼女は、今は統括秘書となって、チーフや部長クラスのスケジュールをマネージメントしている。

「いやあ、友也くんが来てくれて、助かったわ。社長はふだんはいいんだけど、ときどきお間抜けさんなところがあるから」

「あの、付箋みたいに？」

「そう、付箋みたいに。Sクラスのせいなのかな。社長の考えている重要事項と、私の中でつけている優先順位が、どうにもずれているのよね。だから、さりげなく社長が忘れちゃいそうなことにも、気をつけないとだめなのよ。でないと、あとでひどい目に遭うのは自分だからね」

友也は首を縦に振った。

「わかりました。善処します」

「でも、ほんとに助かったわー。社長の面倒を完璧に見てくれる人が現れて。もう、完全に社長のお気に入りじゃないですか」

木村はニコニコしていた。

「おそれいります」

「結婚するのに、社長づきの秘書のままだとむりだなあと思っていたのよね。だからと言って、あの社長を、どうでもいい人に託すわけにもいかないし」

「木村さん、結婚されるんですか？」

「そうなのー」

そう言って、彼女は左手を見せてくれた。そこには、きらきらした宝石が輝いている。

中央都市でも、結婚する人はいるのだ。郊外に比べれば数は少ないが。木村さんは、おそらくは、九つ離れた自分の姉くらいの年齢だと思う。もっとも、この合理的な都市では、年齢はまったく関係ない。

「新婚旅行から帰ってきたら、マイベイビーを引き取って、そのまま育児休業に入る予定なの」

「おめでとうございます」

「ありがとう。このまま独身で、子育てしない人生もありだなって思っていたんだけど、ご縁があってこうなりました。引き継いだつもりだけど、あとのことは、統括秘書代理の小山《こやま》くんや各セクションのマネージャーと、話し合って決めてちょうだいね。どうしてもってときには、友也くんだけは特別だから、通話してもいいわよ」

「とんでもないですよ。そんな。新婚旅行に行ってらっしゃるのに」

ふふと木村さんは笑った。

――結婚するんだ、おめでとう。

そんな会話をしていると、ここが中央都市であることを忘れてしまいそうになる。

「それにしても、社長の世話をそこまで焼かなくてもいいのよ。あと、あの人の女癖は、もう、ちょっと度外れてるからね。びっくりしたでしょ？」

どんなブランドの服も着こなせる、バランスのとれた長身。整った顔立ち。そして、新進気鋭のフォースクエアの若き社長。これでもてないはずがない。実際、社長の女性の出入りは、友也が想像したよりも、はるかに多かった。

「そうですね。社長も、いい加減、落ち着いてくれればいいのにと思います」

「えーっと、友也くん。それは、社長が結婚するとか、特定の彼女を作るとか、そういうこと？」

「はい、そういうことです」

そう言うと、木村はなぜか困ったような顔をした。なにかおかしなことを言っただろうか。

「うーん。あの、こんなことを私が言ったなんて社長に知られると、困るんだけど。いや、困らないけど、体裁が悪いというか。うん」

そう言いながら、彼女はもごもごと煮え切らない言葉を口の中でつぶやいている。

「社長が、どうかしたんですか？」

「私は、中央都市生まれの中央都市育ちで、クラスはA。だから、比較的、ハイクラスの人たちのふう変わりさには慣れているつもりなんだけど。その中でも、社長はとびきりの変わり者だと思うわ。Sクラスって言っても、もっとこう、世慣れた人だっているのに、あの人はいくつになっても極楽とんぼだし、きっと一生、変わらないと思う。社長としては、いい給料をくれるし、法律を遵守してくれるし、休暇をくれるし、これ以上ないほどにいい人よ。でも、あの人の友達とか、ましてや、恋人とかにはなり得ないと思うわ。違いすぎる。友也くんも、そこんところは、心得て業務についてね。じゃないと、巻き込まれて疲れちゃうから」

友也はそれを、呆然《ぼうぜん》と聞いていた。そして、衝撃を受けている自分に気がついていた。どうして、こんなに、驚いているんだろう。そして、悲しくなっているんだろう。いくら自分でも、社長とどうこうしたいなんて、考えたことはないぞ。それはない。そんな、図々《ずうずう》しいこと。

……嘘です。ちょっとは考えました。いいじゃないか、夢を見るくらい。まったくの可能性がなくて、ゼロなくらいはわかってるんだ。だけど、夢想するくらいは、自由だろう？

だが、その夢さえも、粉々に、まるでフードプロセッサーにかけられたみたいに粉砕されるときがやってきたのだ。

それは、よりによって、木村の結婚式だった。

広大な緑地を内包するホテルのプールつきの庭であげられたウェディングパーティーは、

郊外の旧《ふる》い結婚観と、恋愛観を持っている友也がぼうっとなるには充分だった。たいして飲んでもいないのに、顔が上気していた。この日のために仕立てたタキシードは、自分にぴったり合っていて、仕事仲間とも言うべき人もできて、友也は気持ちが高揚していた。

社長は、車の運転が好きだった。

もちろん、中央都市では、自動運転にしておけば、勝手に目的地に着く。だが社長は、子どもがラジコンカーで遊んだりするのと同じ熱心さでもって、複数の車を所有し、その運転を楽しんでいた。

木村の結婚式におともした帰り、社長が運転する車の助手席で、友也は余韻の中にいた。

「いい結婚式だったなあ」

木村は、この日のために、スペシャルエステティックコースを受けていたのだと言った。彼女は、とても初々《ういうい》しく、その目は澄んでいて、今日この日を迎えられたのが、嬉しくて仕方ないようだった。形式としてでも、神様の前で永遠を、ずっとともに生きると誓う。それを周囲が冷やかし、二人が照れくさそうに応えている。その様子は、郊外で友也が知っている文化に近かった。

しかも、たまたま、花嫁のブーケトスが自分のところに飛んできたのだ。思わず摑《つか》んでしまった。白い花のブーケが、手の中にある。

「そう？　ぼくにはわからないな。どうして、結婚とかするんだろう？　めんどうなだけなのに」

そう言われたのだ。

「めんどう……」

「きみ、わかる？　ぼくには、まったくもって理解できないよ」

それは、特に強い感情があるわけでもなく、いつもの社長そのものの口調だった。でも、助手席に座らせてもらっていた友也が、ブーケから顔を上げて隣を見たくらいには、冷たい声をしていた。

「長くつきあうとか、真剣につきあうとか、考えられないよ」

そのときの社長は、いつもよりトゲがあったように思える。

「ぼくは……郊外の人間だから……」

「やっぱり、友也とは、わかりあえないところもあるってことだね」

さりげない、そのひとことひとことが、友也の心を切り裂いていった。

「だって、結婚って、一生、一人の人とだけ、愛し合うって取り決めだよね。もちろん、そうじゃない人だっているかもしれないけど、一応は、そういう前提で結婚するわけでしょう？」

「それは……そうですね」

「すごい、前時代的だとは思わない？　ぼくには、むりだよ。だって、女性って、つきあい始めが一番楽しいじゃない？　いいところしか見えなくて、相手も優しくて、嬉しいことを言ってくれる。でも、その期間が終わったら、あとは、あきるばっかり。つまらないことが多くなって、くだらないけんかが続いて、いやなところが見えてきて、もう、相手のために一秒だって使いたくない。脳の限られた容量を、彼女のために費やすのなんて、ばからしくなるよ。それなのに、結婚とか……——一生？　……——あり得ない！」

結婚に親でも殺されたかのように、社長は、そう、きっぱり言った。

「あり得ない、ですか？」

友也は、自分で思ったよりも、ずっとずっと、ショックを受けていた。

今までだって、社長が独身主義なのは、知っていた。それなのに、いつか、彼が真実の愛、つまり、自分との愛に目覚めて、一生をともに過ごしてくれ、愛し合ってくれるという、どでかすぎる、けれど、ゼロコンマ百桁《けた》いってもまだ先があるほどのはかない夢を、持ち続けていたのだ。

望みはない。

ゼロ。

その、ゼロという数字がショックだった。ほとんど、形として殴られたような気さえした。そのあとにやってきた、鈍くて、いつまでも身体に残るこの感覚を、自分は知っている。

——絶望、だ。

文字通り、望みが絶たれたのだ。

そこに追い打ちをかけるように、社長が言った。

「そうだよ。一生一人とか、拷問？　罰なの？　その人のためにわざわざ時間を割いて、気を遣ってずっと過ごすの？」

ぎゅっと、ブーケを胸に握りしめた。このままでは、花が窒息してしまう。慌てて、手の力を緩める。


言えない。この人が好きなんて。

この人に、愛される夢を見ていたなんて。

こんな、重くてでかい感情を持っていたなんて。

引かれる。

一生、あなただけとか。

添い遂げたいとか。

口が裂けても言えない。


可能性が低いどころじゃない。あり得ないとまで言われてしまった。

「私は……郊外の出身なので……」

「そうだ。そうだったよね。じゃあ、結婚とかは、よくあることなんだ？」

「最近は、少しは減りましたが……そうですね。わりと、頻繁に、ふつうに、しますね」

というか、そういうものだと思っていました。

「郊外って、おもしろいよね。年齢も立場もごちゃまぜなんでしょ？　それが、同じ家に住み続ける。自分が好むと好まざるとにかかわらず、ずっと、同じ人と暮らす。カオスだよね。混沌《こんとん》そのもの。無秩序もはなはだしいよ。ねえ、友也。混乱しない？」

ええ、混乱しています。むしろ、あなたに今、こうして言われていることに、困惑して、大混乱していますよ。

もちろん、そう言えるわけもなく、友也は控えめに、「そういうものだと思っていたので」と答える。友也がここまで落ち込んでいることに、社長はまったく頓着《とんちゃく》していない。

「中央都市では、子どもは遺伝子選択を受けて生まれてくるんだ。プールしてある種、すなわち卵子や精子から、人口調整局が選択して、人工子宮で生産することも珍しくない。親子も兄弟も仲が希薄だ。家も、中央都市に帰属する。現に、ぼくにも親がいるんだろう。兄弟もいるかもしれない。でも、会ったことがないよ。もし、だれかと子どもを作ろうってことになったら、そのときには、血縁を調べるだろうけれど、それぐらいだ。ぼくを育てたのは、中央都市のハウスで、ナニーアンドロイドで、学校教育だ。合理的だろ？」

「そうですね」

そう答えながら、友也の心のうちにあったのは、まったく違った感情だ。この人と自分は、なんと違うのだろう。今まで、どこかでは、同じ人間だと信じていたのに、今このときには、まったく違う生き物みたいに感じられた。

友也は、自分のことを、道ばたに転がっている石ころみたいだと思った。動くことさえできない。反して、社長は蝶々だ。ひらひらと、上を飛んでいる。そう、自分は、転がっているだけのものだ。花でさえない。

家に帰ってきて、部屋に置いてあるベッドに腹からダイブした。まだ、手にしていたブーケから、花びらがベッドの上に落ちた。

「不毛だ」

社長はSクラス。

根っからの女好き。

同じ恋人と長く続いたことはない。

それくらいのことはわかっていたし、なんとも思わない。木村さんの、なにか言いたげな表情の意味を、ようやく悟った気がする。Sクラスは、遺伝子工学の結晶、生けるダイヤモンドだと聞いたことがある。その通りだ。彼は、あまりにも人から離れすぎている。

しかし、だからこそ、友也は、決して社長秘書の座は渡さないと心に誓った。だれにもだ。

以前にも増して、熱心に社長の仕事のサポートをした。

もう、自分にはこれしかないのだという、必死さがそこにはあった。

会社が乗っ取りにあいそうになったときには、社員一人一人の言動を観察し、社長と二人で話し合い、相手をひそかにふるいにかけ、罠《わな》を張り、だれが裏切ったのかを、つきとめ、回避した。社長は、乗っ取り自体はすればいいじゃないという男だったが、ただ、今まで手がけてきたアンドロイドたちを、自分以上にうまく扱える人間でないと承知できないと言い張り、当然ながらそんな人間などいるはずもなく、結果として、二人して相手をあぶり出し、穏便に会社から出て行ってもらい、さらには法にふれない程度に友也はその男の悪い噂をさりげなく流すという、根回しをやってのけた。

そして、フォースクエアの名をかたる、粗悪なアンドロイドが出回りそうになったときには、先回りして、それを阻止したし、新興宗教の教祖が亡くなったのにもかかわらず、非合法なそっくりさんを作りそうになったときには、アンドロイドだとわざとばれるようにして、その宗教団体を、結果的に衰退に追い込んだ。

社長は、友也に感謝してくれた。給料は、ほかのハイクラスと比較しても比べものにならないくらいにアップしたし、よそからの引き抜きも何度か打診が来た。だが、そのうち、友也が決してフォースクエア以外には忠誠を誓わないことを知ると、彼らは諦《あきら》めて、手を出してこなくなった。社長には「よかった。これからも、よそから引き抜きがあっても、ぜったいにいっちゃだめだからね。約束だよ」と言ってもらえて、ご満悦だった。そうだ。会社で彼に、必要とされる。それ以上のことがあるだろうか。

個人的に社長の恋人になることが不可能な自分にとって、彼の専属秘書であり続けることは、最後の砦《とりで》に等しい。これはもう、ぜったいに譲れない。

ワーカホリックと言われるほどに、徹底的に仕事に徹した。社長は、ものすごいひらめきと、縦横無尽なアイデアと、そして、あたりかまわずの行動力と、そのためにはだれを利用したら一番効率的かを的確に判断する人脈力を有していた。フォースクエアは、友也が入社して、社長のサポートをし始めてから、よりいっそうの発展を見せて、それは内外から注目されるものになった。

社長のサポートのためなら、女性関係だって管理する。それは、決して面白くはない。また彼女を替えたのだと思い知るのは、社長と自分との間の距離を感じることでもあったし、つらいほうが多かった。それでも、だ。

彼に必要とされることの方が、自分には重要だったのだ。

最初のうちは、社長のほうに戸惑いが見えていたと思う。

そんなことまでしなくても。自分でなんとかするから。そんなことを言っていた気がする。だが、結局は、友也の手厚いケアの心地よさに、社長が折れた。世話されることのぬるま湯の心地よさに慣れてしまったら、もう逃れられないはずだ。

「ねえ、それでいいの？」

そう、木村さんには、何回も聞かれた。

「社長は悪い人じゃないけど、でも、もたれかかるだけ、もたれてくるわよ。それでもいいの？」

「だいじょうぶです。支えてみせます」

そう言い切ったというのに、そして、その気持ちには、一切の嘘はないというのに、なんでだろうか。

どうして、胸の奥はこんなにももやついてしまうのだろう。頼られてこんなにも嬉しいのに、そのはずなのに、胃痛を抱えた友也は、今夜も社長のアンドロイド相手に愚痴《ぐち》ったれている。

「頭では、わかっているんだ。理解している気になっている」

頭では割り切っているのに、不満がくすぶっている。不条理、だ。自分でも、そう思う。所詮《しょせん》、自分なんて、石ころなんだ。ごろんと地面にころがって、空を見上げているだけなんだ。そして、ときたま、ふわっと蝶々が頭上を飛んでいるのを、ぼうっと見ているだけなんだよ。なんで、社長みたいに「合理的」にできないんだろう。社長に憧れて、好きになって、成就を願ったって、かなえられっこない。社長だって、困るだろう。気まずくなる可能性だって多分にある。いいことなんて、一つもない。こんなの、捨ててしまえれば楽なのに。

それなのに、後生大事に抱え込んで、宝物みたいにしているんだ。

まったく、我ながら腑に落ちないことはなはだしいよ。

■04 フォースクエア屋上のペントハウス

古代の水棲生物たちのアンドロイドをお披露目《ひろめ》してから、数日がたったあと。いつものように友也が早めに出社してくると、デスクの上には人事部からの書状があった。

書状！

この中央都市のみならず、友也の出身地である郊外でさえ、事務方ではペーパーレス化が進んでいて、わざわざ紙で通達してくる者などいはしない。いるとしたら、よほどのことだ。

じっと、その紙を見つめていると出社してきた木村が、「友也くん、入社してから、一度も有休を取っていないって。繰り越しがたまりまくっているから、休めってお達しがあったわよ」と伝えてくれた。いらないのに、休暇なんて。

「休みなら、週末と一斉《いっせい》休暇で充分なんですが」

正直なところ、一瞬だって、この場所から帰りたくない。できることなら、この秘書室に寝泊まりしたいくらいだった。だが、そんなことをしたら、さすがに職務規程がはっきりしているこの中央都市で、追い出されそうになるのは、目に見えている。だから、そんなことはしない。

「友也くん、有休をどぶに捨ててるでしょ。どうあっても今月中にとれって言ってたわよ」

「はい、わかりました」

「だめ、今すぐいつとるのか、申請して」

木村がしつこくすがってくるのが意外だった。

それが、もろに顔に出ていたのだろう。「いやあ、だって」と、彼女は言葉を選びながら、話を始めた。

「私、郊外出身の子を何人か知ってるけど、まめに帰る子のほうが、長く中央都市にいてくれるから、ありがたいのよ。友也くんが帰るのは、夏と冬の長期休暇だけじゃない？　お願い、友也くんには、できるだけ長くここにいて欲しいの。できるなら、社長がいる間はずっといて欲しいの。社長づきの秘書になって、あの人に振り回されるのは、子持ちの私にはしんどすぎるの」

木村さんは、この中央都市では「趣味」として捉えられがちな「育児」に、できるだけ己の手をかけて真面目《まじめ》にこなしている。そういうところが、郊外出身の自分と重なることが多く、彼女の言うことは比較的素直に聞くことができる友也なのだった。

彼女のまなざしは真剣そのもので、冗談を言っているようにはまったく見えなかった。

「そんなに、社長の秘書は、しんどいですか？」

「しんどいわよ。私にはね。私は、友也くんみたいに、彼を信奉してないもん」

友也の携帯端末に、メッセージが届いた。それは社長のものだった。それ自体は通常業務内なのだが、その内容には驚いた。

『今すぐ、自宅に来て欲しい』

……？

「社長のご自宅に行ってきます」

「ほえ？　自宅？　珍しいこともあるもんね」

「はい」

女性がらみのやっかいごとではないといいのだが。

それは、半分当たっていて、半分は外れていた。


社長の住んでいる自宅は、秘書室を出て、角を曲がり、ドアを隔てた階段を上った先にある、自社ビルのペントハウスだっだ。社長は、専用エレベーターを使っているのだが、友也が許されているのは、秘書室のあるフロアからの階段のみだ。

素っ気ない階段を上っていく。屋上の階段口はこちらからはガラスに見えているのだが、立体迷彩の技術が使われていて、出た途端に、シダ植物の茂みに隠されてしまう。このペントハウスが建てられてから、どのくらいになるのだろう。ここに来たのは数度なのだが、二階建ての洋館に、シダや蔓《つる》植物が絡み、木々には花が咲いている。もし、なにも知らずに上がってきたら、魔法使いの家だと思ったかもしれない。それほどに、現実味のない光景が、目の前に広がっている。

社長は、遺伝子工学の申し子のくせして、趣味は案外クラシックだ。この住まいにも、それは見て取れた。車を運転したがるし、レコードを収集している。

手のひらをかざすと、掌紋《しょうもん》認証によって、ドアのロックが解除される。それもまた、素敵な魔法っぽい。室内に足を踏み入れる。ここが、中央都市のフォースクエア本社屋上であり、今だって、頭上を飛行船が飛び交っていることなんて、忘れてしまいそうになる。防音が完璧な室内には、どこからか、社長の趣味の一環である、室内楽が流れている。この建物のサイズにぴったりな印象だった。それにしても、音楽に混じって聞こえる、この雑音はなんだろう。雑音というよりは、むしろ、こちらの警戒心を、最大限にまで、押し上げそうなこの音は。

泣き声。

しかも、子どもの。

友也は、ペントハウスの中の、正面階段を上った。そっちに社長の寝室があることは知っていた。そちらに向かって足を運ぶ。

「社長？」

寝室のドアは少しだけ開いていた。そこから、泣きわめく声がしている。

「困ったな。なんで泣いているんだ。言ってくれないとわからないでしょう？」

そう言っている社長の声が聞こえてくる。いったい誰に話しているんだ。そして、この声はいったいどこからしてくるんだ。まさか、と思いながらも、友也は、ドアをさらに大きく引き開けた。

社長は、これから出社しようというのだろうか。いつもと同じように、柔らかい生地のジャケットにとろみのあるドレスタイプのシャツを着ていた。それがブランドものであり、かなりの値段がすることを、友也は自分が請求書を受け取ったのだから、知っている。そして、その腕に女の子を抱いていた。

十以上離れた姪《めい》っ子の面倒をみていたから、わかる。この子は一歳ちょっとだ。なにがいやなのか、手足をばたつかせ、泣きわめいている。身体をそり、今にも落ちそうだ。

社長の袖には、子どもの汗と涙と涎《よだれ》がしたたり落ち、ひどいことになっていた。

「ねえ、友也。この子、なんで泣いているの？　泣きやませてよ。ぼくの秘書でしょ」

ぼくの秘書でしょというのは、いったい。秘書というのは、職業であって、おかあさんでしょとか、お兄ちゃんでしょみたいな、免罪符とはわけが違う。それより、なにより、ここで明らかにしておきたいことがある。

「社長。そのお子さんは、いったい？」

社長の腕の中で、身体を突っぱねて、泣きわめいている存在。

スカートから足を出してばたつかせている。ふわっとした髪をしていて、かわいい……と言えなくもないが、あまりにも大暴れしていて、常にのけぞっているので、怪獣みたいだ。

そして、社長の子どもの抱き方も、明らかに手慣れていなさすぎる。おっかなびっくりの抱き方だった。

不安定な姿勢なので、そのまま、子どもは床に落ちそうになる。

「ああっ！」

思わずその子どもを抱きとめていた。気がついたら、というような、とっさの行動だった。

「は、う。は、う」

子どもはしっかりと友也にしがみついている。あったかい、湿った生き物。ぐしゃぐしゃの顔。くせのある髪をすいてやる。その髪も、湿っている。

「よしよし」

姪っ子も、こんな抱き心地をしていた。

なつかしい記憶だ。

おっかなびっくり抱きしめていると、子どもは、よけいに暴れる。身体を密着させてやることが肝心だ。密着させてやると、子どもは、ひっくひっくと泣きじゃくりながらも、安定した岩場にすがりつくみたいに、友也の肩口にその腕を回してきた。むっちりした腕だった。

「ママ？」

なにを思ったのか、子どもはそう言った。

「違います」

子どもの戯《ざ》れ言《ごと》だ。まじめに取り合うべきではないのはわかっていたのだが、そこは否定しておきたい。

「ママ……」

だが、子どもに自分の理屈は通じない。Ｇクラスの自分よりも、はるかに不条理で、非合理で、しかもあまりにもパワフルな生き物。それは子ども。

おろおろしている友也をよそに、子どもは恐ろしい力でしがみついてくる。この小さな生き物が生存本能のすべてをかけて自分にしがみついてくるのだ。小さくて細い指なのに、それだからこそ、針金みたいに肩にくいこんでくる。

「あいたたたたた！」

「ママ！　ママー！」

朝から、いきなりの修羅場《しゅらば》。社長は、自分からこの子が離れたのが、嬉しくてたまらないようだった。背中から子泣きじじいが離れたときって、こんな顔をするのではないだろうか。

「泣き止《や》んでよかったよ。さすが、友也は優秀だなあ」

「おだてても、なにも出ないですよ。このお子さんは、どうしたんですか？　親戚のお子さんですか？」

そこまで言ってから、親や兄弟とさえ、会ったことがない社長にそれはないことに気がついた。

「ああ、そういえば、おまえ、この子の母親に少し似ているね」

「母親？」

「会ったことはないんだけど、映像で見たんだ。この子の名前は、アリサ。一歳二ヶ月。女の子。母親は月の研究所での事故で亡くなったんだが、遺伝子上の父親はぼくだから、育ててくれって遺言があったんだそうだ。で、今朝、届けられた」

ふっと、社長は息を吐いた。首をかしげて、言う。

「めんどうなことは困るのにね。今日まで、子どもがいることも知らなかったんだよ。ねえ、友也もそう思うでしょう？」

同意を求められているというのに、言葉が出てこない。

えーと。

子ども。

じつの、子ども。

母親を知らない。

月の研究所で死亡。

腕の中の子どもの顔を見た。まだ目には涙をためているけれど、だいぶ涙は引っ込んだらしい。その顔をつくづくと見る。

なるほど。社長に似ていなくも……ない……？

「一週間は、観察期間なんだよ。送り返すわけにもいかなくて。友也が引き受けてくれるんだったら、嬉しいな」

頼られて嬉しいと一瞬思ってしまった自分をのろいたい。

けど、子どもってなに。

この子は、会ったことのない女性との間に生まれた、じつの子ども。

それにしても、社長は、押しつける気まんまんだ。

おかしくないか？

自分の子どもが泣いているんだから、自分でなんとかするべきじゃないのか？

こういうときに、友也は、長く過ごしてきたつもりである中央都市と自分との差異を、つぶさに感じてしまうのだ。

社長に、それは違うと言いたい。

だが、もしかしたら、それは、中央都市として、「正しく」「合理的」で弾《はじ》かれるべきは、己の感情なのではないだろうか。

「友也……？」

社長の声が、遠くに聞こえる。

この人に、自分の「常識」を訴えても、まったくもって無駄であるのに。

そんなことくらい、いやってほど、わかっているのに。

そうじゃないな。自分が理解していると思っていたのは、あくまでも、この頭の中のことだけで、実際の理解、納得に至るためには、野蛮そのものの、Gクラスの心、それを腑に落ちさせなくてはならない。いつもはなんとか折り合っていたというのに、今回はだめだ。

わかっている。中央都市では、子どもはその多くが人工子宮で生まれてきて、新婚旅行の帰りにテイクアウトするカップルだっている。優秀な遺伝子を持つなら、遺伝子省に登録して、使われることだってあるだろう。だが、郊外育ちにはついていけない。

社長に聞けない。

この子をどうするつもりなんですか。一週間のお試し期間が終わったら、この子を中央都市が管理するハウスにやるつもりですか。親として、心が痛まないんですか。

心。

きょとんとした顔でこちらを見ている社長。腕の中のアリサも、同じ顔で、押し黙っている自分を見ている。親子なんだと笑いそうになり、胃がしくしくと痛み出してきた。

頭が痛い。壊れそう。

責めてどうする?

この人に、心なんてものがあると、思っているんだろうか。

こういうものだと割り切ればいいんだろうけど、それができない。

気を失いそうだ。


走馬灯のように、今までしてきた社長の世話を思い出す。

社長の彼女が怒鳴り込んできたときとか、新しい企画をものにするために相手の会社を口《く》説《ど》き落としたときとか、昼ごはんがまずいと言うので手作りのおにぎりを差し入れたときとか。

公私を超えてやってきたことが、すべて、ほんとうは、意味のない、むなしい独りよがりなのだと知ってしまった。

「やっぱり友也はぼくに必要だよ」

そう、社長が微笑みかけてくれるのだけれど、それは、便利な道具としてであって、自分をほんの少しでも、かわいいとか、愛しているとか、そういう温かい感情で思っているものではない。

無理難題を克服するたびに、また次の、より難しいことを「おねだり」される。

それをクリアすることが、Gクラスの自分が社長の隣にいるための証明だと思っていたが、結局、この人は自分のことを便利な道具、ふればふるほど出てくる打ち出の小槌《こづち》くらいに思っているのだ。


この人とは永久にわかりあえない。

俺は石ころ、この人はダイヤモンドの蝶々。

違いすぎて、もう、つきあっていけない。中央都市のSクラスの常識に、これ以上、追従できない。

友也は、両手を差し出した。その先には、アリサがぶらさがっている。

「え、は？」

「あう？」

社長とアリサは、同じ顔をして、こちらを見た。

今だ。今こそ、言うべきときだ。やめます、あなたとはつきあっていけません。

だが、友也の口から出たのは、そうではなかった。

「休暇を下さい」

「え、なに言ってんの？　今？　来週にはレセプションパーティーがあるのに？　この子、泣いてるのに？」

「有休をとらないと怒られるんです。今すぐ、休暇に入ります」

信じられないという顔で、親子がこちらを見ていた。ぎりぎりぎりと胃が主張する。

「レセプションの下準備は済んでますし、お子様には、ナニーアンドロイドを手配します。では、失礼」

言うが早いか、部屋を辞した。


木村が、緊張した面持《おもも》ちで、友也を待っていた。彼女の手には、彼女がいつも使っているペンが握りしめられている。

「どうしたの？　なにかあった？」

友也を心配しているのがわかる。友也は、口元がふっと緩むのを感じた。同じ、都市生活者でも、木村だと違うのだ。はっきりと感情の動きを感じる。

木村が言っていたではないか。Sクラスの社長は、Aクラスの自分とも違うと。

「社長に、お子さんがいらっしゃったんです」

「それは、突然だわね」

さすがに、木村も少しは驚いているようだった。

「中央都市が遺伝子プールから選んだみたいで……相手の方が育てていたんですが、亡くなって」

木村が妙な顔をした。そういえば、この街では、早死にすること自体が珍しいのだ。先天的な疾病要因は、卵のときに極力排除されているし、自動運転がメインであり、交通事故もほとんどない。

「なんでも、月の研究所で亡くなったそうです」

「ああ、なるほど」

木村は、納得がいったようだった。うんうんとうなずいている。

「休暇をとります。今すぐ、とります。明日から実家に帰ります」

「ショックだったのはわかるけど……戻ってきてね。お願い、帰ってきてよ」

返事は、しなかった。


やばい。

木村は、憮然《ぶぜん》とペンの頭でほっぺたをつついていた。やばい。

郊外からの移住者はハイクラスであっても、どうしたことか、ある日突然、実家に帰ると言い出す。そこから、帰ってきた者は数少ない。今度の友也の行動も、そうである可能性が高い。そうしたら、どうなる。

あの、「面倒くさいことは、秘書がなんとかしてくれるよね」と信じている、極楽とんぼの社長の世話が、また自分にのしかかってくる。

社長のバカバカ、あれだけお世話をまめまめしくやってくれる、ベストなパートナーだったのに。あの子を、もっと丁重に扱わねば、ならなかったのに。

ポンと軽い音がして、最近では珍しく、久しぶりに、木村のデスクに社長の私室から連絡が入った。目の前に社長の画像が浮かぶ。

「はい？」

『友也は、どうしてる？』

「帰りました。今日から休暇です」

『え、帰しちゃったの？』

ちょお、ちょお待て、われえ。先祖には郊外西部、その昔は関西と言われた場所の遺伝子を受け継いでいる、木村の血が沸き立った。それは、私のせいですか？　違いますよね？　怒っちゃだめだ。ここは中央都市。怒りなど、野蛮な手段を使うことは、御法度《ごはっと》だと思われている場所だ。腹の底の怒りを抑え込んで、言ってやる。

「なんか、ショックなことがあったみたいで。あのぶんだと、帰ってくるかどうか、わからないですね」とにっこり笑って言ってやる。その手の中にはペンを握りこんで、折らんばかりの勢いだ。

『なにが……不満だったんだろう……』

しょんぼりした声が返ってくる。ばかやろー、なにもかもが不満だったんじゃーー！　とわめきたいのをこらえる。

「……さあ？」

そこに子ども。とどめだよね。

逆に、なにが不満じゃなかったのかと問いたい。このまま、友也が帰ってこなかったら、木村が社長の秘書に出戻る危険性がある。子どもを育てている今、それはだめ、ぜったい！　友也がいたことによって、要求レベルがアップしているであろう社長の世話なんて、私、むりです！

ふーんだ。ちょっとはこちらの気持ちを思えばいいんだわ。

「社長、次の秘書を見つけたほうがいいですよ」

そうだ。友也が帰ってきたときにサポートできるし、万が一のときには、自分にはとばっちりが来ないように。根回し、だいじ。

「もう、戻ってこない可能性もあります。郊外の子が、いきなり帰ってしまったときって、もう戻らないことが多いんですよね」

『え。ほんと？』

お気楽な社長に、動揺が見えた。

悪い人ではないのだ。ほんとに、いやなところ、つらいところ、意地悪なところなどは、一切ないひとなのだ。それは、木村とても、長くそばにいて、とてもよくわかっていること。ただただ、軽すぎる。

木村は、少しは反省するがいいと鼻でふふんと笑った。

■05　郊外（一日目）

翌日、友也は郊外の生家に帰宅することにした。

中央都市と郊外は、明確に川で隔てられている。列車が郊外にさしかかると、すぐにわかる。今まで爆速だったネットの通信速度がぐっと落ちるし。道が碁盤《ごばん》の目ではなくくねり始めて、地面の下を走っていた電線が空に張り巡らされ始める。遠くには山が見える。家並みが、どこまでも続く。誰かの持ち物である家が。

そして、その間に、ふいに生えてきてしまった竹のように、丈の高いマンションがあったりする。

数十分の小旅行のあと、地元の駅で深呼吸をした。

このまえの長期休暇からだから、半年以上、無沙汰《ぶさた》していたことになる。

ベンチの置き方もいい加減で、プラットフォームは何回か改修を不規則に繰り返したせいで色がまだらになっている。それは決して美しいものではなかったが、その駅のしみのようなものさえも、今の友也には好ましく感じられる。

中央都市では、あまりにも整っているせいで、往々にして頭痛を訴える人がいるのが、よくわかる。そうだ。人間はそのように都合よくは進化できなかったのだ。

駅中で作っている弁当の揚げ物の匂い、コーヒーショップからはかぐわしい香り、ほこり、体臭、制汗剤。雑多な匂《にお》いが満ちている。以前、この町で暮らしていたそのときには、わずらわしいとしか思わなかったその匂いが、こうしていると、ひどく懐かしく感じられる。こんなときが来るなんて、予想もしていなかった。

友也の実家は、駅から歩いて十五分ほど。下町と言われる混み合った住宅街に位置していた。

両親はすでに亡く、住んでいるのは姉夫婦と姪っ子だけだ。

家に帰ると、玄関の鍵があいている。あがりはなには、キャリーケースが置いてあった。

「友也、友也、だめ！　玄関あけないで！　マルが！　マルが逃げる！」

姉が悲鳴を上げた。

「あ、はい」

ちなみに、マルというのは、友也の実家で飼っている猫である。雨の日に、狭い庭先のバケツの中に、どうして入ったものか、丸くなっていたので、この名前がつけられたのだ。

それにしても、姉は、弟が半年ぶりに帰ってきたというのに、なんの感慨もない。

だが、それがいい。

「ただいまー」

みなが、そろってあわあわしていた。

「どうしたの？　いったいなにごとなの？」

一階は居間と台所と風呂、二階は姉夫婦と姪っ子の寝室、それと、友也の部屋がまだ残っている。

「マルー、マルー、いい子だから出ておいでー」

それこそ猫なで声で呼ばわりながら、手にはマルのおやつを持って、台所をうろうろしている。

姉は、こちらを向くと言った。

「……ところで、友也、あんた、ほんと、いきなりどうしたの？　今回はどのくらい、こっちにいられるわけ？」

しまった。何も考えていなかった。有休はたっぷりと残っている。あと一ヶ月ぐらい、休んでもおつりが来るぐらいだ。だが、そんなことを言ったら家族に、心配をかけてしまうかもしれない。なので、「週末合わせて五日間ぐらいかな……」と適当に言葉を濁した。

「え、なに、ぐらいって」

そう言われてドキッとしたことはしたのだが、すぐに姉は、「でも、よかったー！」と二ニコニコ顔で友也に言った。

「今日は中学校はテスト最終日で、明日は創立記念日で休みなのね。それでね、みんなで温泉旅行に行こうってなって、マルをペットホテルに預けようと思ったんだけど、気配を察知して、出てこないのよ。友也が帰ってきてくれて、助かったわー。旅行のあいだ、マルの世話をよろしくね。じゃね！」

なんと。

「なんだよ。せっかく帰ってきたのに」

「あんたね、それはこっちのセリフよ。帰ってくるなら、前もって言ってくれれば、一緒に行けたのに」

「今回はちょっとだけ、不測の事態が起こって」

片想いしている社長に。知らない間に子どもがいた、しかもそれは、一度も会ったことがない相手だったと、そう言って通じるとはとても思えないので、ごまかした。

「友也くん、なにかあったの？」

義理の兄は心配してくれた。そして、来年は郊外の高校に進学が決まっている姪っ子だけは、「友也おにいちゃんもいっしょに行くの？　そのために帰ってきたの？」、そう言ってくれた。かわいいなあ。

「違うの。友也は、単に寝に帰ってきただけなの」

「ちょっと。姉さん、言い方ー！」

「いっつもそうでしょ。言ってくれたら、布団敷いておいたのに。そうそう、あんたの部屋、もうちょっと片付けてよ。趣味でハワイアンキルトを始めたのよね。布の置き場所がなくて」

「いきなり、それ？」

「じゃあね。私たちは行ってくるから。マルのこと、くれぐれもよろしくね。ほらほら、行くわよ。もう出ないと、夕食に間に合わないわよ」

そう言ってせきたてられて、一同は、車で出て行った。

家にあがると、まずは猫を探し始めた。おやつを右手に、マルの好きなおもちゃを左手に、猫のいそうな居間や台所をうろうろした。

「マル、マル。おいで」

家の中に絶対いると言われていなければ、外に逃げたのかと疑ってしまうほどの静けさだった。

マルは、拾われたとき、かなり衰弱していた。家で世話をしても、なかなか人に慣れずに、誰も見てない隙に餌皿を引きずっていき、陰でこっそり食べるのが常だった。マルが目の前でごはんを食べるようになってくれたとき、寝ている自分のふくらはぎをその足裏が通っていったとき、友也はどれだけ嬉しかったことだろう。

「まあ、そのうち、出てくるだろう」

そう言って、友也は居間に腰を下ろした。

「うちはいいなあ。この、畳がいいよね。なんとものんびりしていて」

そう言って、ごろりと横になる。

いったい、あの中央都市の部屋、マンションの一室。あそこを、自分の部屋だと思ったことが、あっただろうか。

「あ、畳替えしたんだ」

い草の香りがしている。

「この匂い、好き」

帰ってきたと思ったら、みなが出て行ってしまった。入れ違いもいいところだ。もうちょっと、ゆっくり、話をしたかったのにな。

まあ、しかたない。今まで、友也は長期休暇に帰ってきたとたんに疲れで寝込み、起き上がったら、仕事が心配で帰っていたのだ。今さら、話をしたいから、かまってくれというのも、わがまますぎるだろう。

でも、なんだろ。

「久しぶりに、人と話した気がする」

なにも考えずに、これはどうとられるだろうとか、おかしくないかとか、考えないで、ただ、話をした気がする。だいたいが、そうやって人と話すときに、考えこみながら話すこと自体、おかしいことだよな。

でも。

「だってさ、俺だけ、Gクラスなんだもの」

あなどられないように、気を張っているのだ。

「うー。肩が凝ってるー」

畳の上で泳ぐみたいにして、両手両足をばたつかせる。

「肩も凝るよね……」

そのまま、汗ばみそうな陽光が、障子越しに見えていて、ほわーと眠ってしまいそうになる。口が半分開いているかも。よだれとかも、たれているかも。はいはい。自分は、しょせんは、Gクラスの郊外出身。ほんとは、こういうのが好きなんです。だらしなく、暮らしたいんです。

「もう……こっちに帰ってこようかな……」

自分で言った言葉に、びっくりする。でも、そうしたら、これは郊外の考えなのか、それとも中央都市的かなんて、愚かしいことをいちいち考えなくてすむ。

こちらでだったら、自分は、ふつうに、ありきたりに生きることができる。

「以前は、その、ありきたりが耐えられないくらいにいやだったのにな」

そうなのだ。友也は、郊外の学生の中では、勉強ができたほうだった。そして、当時は、こんな、ぐちゃぐちゃの、わけのわからない世界なんて自分にはふさわしくない。Gクラスなんて、なにかの間違いで、自分はもっとできる子。そんなふうに思っていたときが、あったのだ。

「中央都市のコンピューターは、やっぱり、すごいんだなあ」

そう言って、友也は寝返りをうつ。

社長みたいに、軽やかになんて、なれないや。

あの人は、まったくもって中央都市そのもの。だけど、これが、友也の世界。

合理性と秩序なんてものではなく、義理と人情で展開する。むちゃくちゃなところはあるにせよ、優しい世界。弱音を吐いても、許される世界。だめなところがあってもいい世界。

「あー、ほんとにもう、帰れる気がしないわー。……あ」

出そうになった声を、慌てて飲み込む。ふくらはぎを猫の足裏が通っていったのだ。くくと笑いたくなるのを、抑える。マルだ。かすかににゃーと鳴く声がする。ここが勝負どきだ。ここで、不用意に動いてはならない。そうしたら、マルはまた、隙間に必死になって逃げ込んでしまうことだろう。

腕から力を抜いて。そうっと、そうっと。その腕の脇の間を、マルが台所の戸棚の隙間と同等と認識するまで。そうなるまで、ひたすらに待つのだ。そうしたら、自分からここが安全だとばかりにすり寄ってきてくれる。

「なおー」

ここにいたんだと言わんばかりに、マルは友也を再発見してくれる。柔らかい毛玉が、脇をくすぐっている。

友也は笑ってしまう。

「くくく」

そこに、いきなりのチャイムが鳴った。慌てたマルが、自分のシャツに爪を立ててくる。

「マル、マル、痛いよ」

文句を言いながら、玄関に出ると、そわそわしながら、立っていたのは、隣の川原《かわはら》さんのところの達夫《たつお》だった。

野球少年のように短い髪に、日に焼けた顔をしている。こうして見ると、毎朝学校にランドセルを並べて通った、小学校のころと変わっていない気がする。

「たっちゃん……」

「あ、あの。お久しぶり」

「あ、うん。そうだね。お久しぶり」

マルは、たっちゃんの姿を見ると、またどこかに消えてしまった。マルは以前、家族がどこかに遊びに行くときに、たっちゃんの家に預けられていたのだが、そこで、かまわれすぎて、縁の下に潜り込み、決して出てこなかったという、伝説を持っているのだ。

今日はけっこう暑いためか、たっちゃんは顔を赤くしている。それから、手には包みを持っている。

「あの、これ。角の信濃屋《しなのや》のコロッケ。友也、好きだったろ」

「あ、はい。ありがとう……?」

「おまえが、帰ってきたの、うちの、おふくろが見かけて、急いで買ってきたんだ。おまえに、食べて欲しくてさ。あの、街でうまいモン、たくさん食ってるから、こんなの、あれであれかもしれねえけど」

郊外では、中央都市のことを「街」と言う。

なんと。顔が赤いのは、急いでコロッケを買いに行ってくれたせいだとは。

「大好きだよ。ちょうど食べたかったんだ。ありがとう」

そう言って、ありがたく受け取ると、たっちゃんは、心から嬉しそうな顔になった。この実直さと純朴さを、うとましいと思っていたことだってあったはずなのに。感情をあらわにして、こちらを心配そうに見ているたっちゃんに、頬が緩む。

「すごく、嬉しいよ」

中央都市では、隣にだれが住んでいるのか、友也は知らない。それほどにご近所づきあいというものからは遠ざかっている。

そして、それはなにも友也だけのことではない。

中央都市ではだれもが自分を秘密にして、閉じこもって、そして、表面上は穏やかに美しくひらひらと舞い続けているのだ。

そして、その中でも、自分の知っている社長、宇喜田光太朗は、とびきり優雅で大きな蝶なのだ。

「ほんとに、嬉しいよ」

だれもが、少しずつ他人を気にかけて、他人の分を持つことが通用している、そういう世界。かつて自分が存在していたのもまた、こういう世界だったんだ。改めて、それを知ったようなそんな気がした。

「そんな。泣くほど嬉しいかー?」

「別に。泣いてないから!」

たっちゃんの困ったような声が今はただ、嬉しくて、友也はこのまま、本気で泣いたら、たっちゃんはさぞかし驚くだろうなあと思ったりした。

こんなこと、中央都市だったら、御法度だ。人前で負の感情をあらわにする人間は敬遠される。

「あがって、あがって。こっちはあっついねえ」

そう言うと、たっちゃんは「おお」と言って、玄関を入ってきた。

「盆暮れ以外で、帰ってくるなんて珍しいな。なにかあったのか。街はこええからな」

なにげに言われた言葉なのだが、ほんとに恐いところだよ。なにせ、いつの間にか、会ったこともない相手とのあいだに、子どもを授かっているくらいなんだから。そう心中でつぶやくと、冷蔵庫を漁《あさ》った。

「んー、さすがに今日から遊びに行くだけあって、なにもないなあ。ねえ、たっちゃん、麦茶でいいかな」

「そんなそんな。お構いなくー。な、もしかして、こっちに帰ってくるのか？　だったら、俺は、嬉しいんだけどなあ」

「えー、俺が帰ってくることで、なんでたっちゃんが嬉しがるの？　おかしいな」

「おかしくないだろ。俺ら、その、幼なじみ……じゃん」

幼なじみという言葉の響きに、たっちゃんは照れているようだった。

「うん」

そうだな。こう言ってくれる人もちゃんといることだし。そうしようかな。

いや、そうだよね。あらゆるところで、ぜったいに、こっちに帰ってきたほうがいいじゃん。姉貴だって、義兄《あに》だって、姪っ子だって、歓迎してくれるだろう。中央都市帰りという「ハク」もついたことだし、今までやってきたことが、無駄になるということもないだろう。

それなのに。とっても、腹の立つことに！

ちらちらと目の前にちらついてしかたないのは、あのひらひらした蝶々男なのだ。

「どうしようかな」

「もし、もし、帰ってくるんだったら、同窓会やろう。それで、盛大に歓迎するから。ぜったい、するから。だから。帰ってきてよ」

「じゃあ、考えておくね」

「ああ、きっとだぞ。あ、じゃあ。俺、これから、お得意さんのところに行ってこないといけないから」

「もう立派な大工さんなんだねえ」

たっちゃんのところは、代々大工をやっていて、彼も小さいときから、大工を継ぐと心に決めていた。そして、その通りに、高校卒業と同時に兄や父親と同じ職場に入り、友也が大学を卒業するころには、一人前の大工になっていた。それは、当時、まだまだなかなか就職が中央都市で決まらなかった友也にとっては、うらやましく、自分を卑下することになったのも、今となってはほろ苦い思い出だ。

ほんわかとした、セピアの雰囲気が室内に満ちている。ああ、少し、日が陰り始めたのかもしれない。

「あのね」

玄関先でたっちゃんを見送りながら、中央都市であったことを、少し口にしようとしたそのときだった。急ブレーキの音がしたと思ったら、玄関ドアががんがんと激しく叩かれた。

「ちょっと待って。なんなんだ？」

たっちゃんがいぶかしげに言った。

「ちょっと待ってろ。俺が、こっちから見てみる」、そう言って、庭からそっと外をうかがった。

「なんか、やたら赤い車と俳優みたいな男がいる。あれ、子ども連れてるぜ？」

それが社長だと理解する前に、派手な泣き声が響いてきた。アリサだ。

「え、なに？　子連れの押しかけ強盗かなんかか？　なあ、警察呼んだほうがいい？　なあってば」

それ以上、返事をしなかったのは、とっとと玄関に行って、ドアをあけて社長と対面したからだ。

こんなところまでやってくるなんて、なんて人なんだろう。えーい、文句を言ってやる。

そう決意した。

それなのに、改めて真正面から見る社長の顔は、なんてうつくしいのだろう。惚《ほ》れ惚《ぼ》れしてしまう。ああ、さすがに自分は、Gクラスなだけあるな。変なところでその自覚が湧いてしまって、顔をしかめてしまう。

こんなときに、見とれているなんて。不条理だよね。

「だれ……？」

友也の背後からたっちゃんが、いぶかしげに、社長と友也、そして身を乗り出して手を差し出している、ただごとではない子どもの顔を、見比べている。

だが、友也にその質問に返答する心の余裕はない。この人が悪いのだ。この人こそが、自分をカオスに落とし込むのだ。

「あなた、なにしにきたんですか」

社長はきょとんとした。

「え、言う？　そういうことを言っちゃう？　このぼくに？」

怒るのかと予測したのだが、社長は特に怒りはしなかった。かわりに、顔をほころばせた。

「このぼくに、そんなことを言ったのは、友也だけだよ。ああ、疲れた。ここって自動運転にならないんだね。あちこちで道を聞いて、たいへんだったよ。アリサはむずかるし。ほら、アリサ。ママ、いたね」

アリサは、社長に抱かれているのは嫌らしく、必死になって手を伸ばして、抱けと命じている。彼女を見ていると、ほんとに単純で、わかりやすくて、この子に社長の血が入っているなんて、嘘みたいだと思ってしまう。

「わかったよ。ほら、ママのとこにおいで」

つい、そう言ってしまった。ここに来て、しばらくしたせいか、落ち着いたせいなのか、ママ呼びをつい受け入れてしまった。

「マーマー……」

友也が腕にアリサを抱き込むと、現金なことに、アリサはぴたりと泣き止んだ。

「ずっと泣いてたの？　かわいそうに」

その優しい柔らかい重みを、揺すりながらそう言うと、アリサのぐしゃぐしゃの顔が喜びに輝いた。きゅんとするよ。なんて、可愛いんだ。

姪っ子も、こんな感じだったなあ。

アリサはその手で友也の頬をさわってきた。

「まったく。こんなに可愛いアリサちゃんを泣かせるなんて、悪いパパですねえ」

そう言うと、社長は反論してきた。

「ぼくが、泣かせたんじゃない。アリサが勝手に泣いたんだよ」

その勝手な言い分にカチンときた。

「そういう言い方はないでしょう？　あやすなり、それができないなら、シッターさんに任せるなり、すればよかったじゃないですか。我が社自慢のナニーアンドロイドだっているでしょ？　俺が手配しましたよね？」

社長に対して「俺」とか言ってしまう。だのに、言葉は敬語。なんだ、このいい加減さ。

いいんだ、ここは郊外だから。もともと、カオスなんだから。社長は「うう」と口を尖《とが》らせた。

「ところで、ここって、ご家族が暮らしているんだよね？　ご挨拶したいんだけど、そちらがそう？」

どうせ社長のことだ。家族というものがどんなものか、実感したことがないので、見てみたいのだろう。

子どもか。

社長の八割は、好奇心でできているのだ。成長しているぶんだけ、アリサよりもたちが悪い。

「残念でした。留守です。旅行に行ってます」

そう言えてしまうところがありがたい。社長はみるみる、肩を落とした。

ふんむふんむと言いながら、アリサはシャツに口をつけている。これは、社長に中央都市で買ってもらった、いいシャツなのに。うう。シャツによだれがしみてくるよ。

「そっか。じゃあ、お帰りになるまで、お邪魔します」

そう言って、社長は靴のまま、上がろうとしていた。

「いや、それはやめてください」

社長は「あ」と言って、友也の足下《あしもと》と、自分の足下を見比べた。

「ああ、そうか。郊外って、家の中では靴を脱ぐんだったね」

「そうじゃないですよ。そこじゃないです。なんで、お邪魔するんですか。帰ってくださいよ」

「だってアリサが、ママがいないって泣くから。今はぼくが、アリサの親だし？」

「だからって、ここは、あなたが来るところじゃないでしょう？　ごらんのように、秩序とはまったく対極でカオスそのものなんですよ」

　こんなきちんとした、秩序そのもの、むしろ、その秩序の生粋から生まれたのが宇喜田光太朗じゃないのか。この人が、こんなカオスな、道さえ曲がりくねった場所で、過ごせるわけがない。アリサは……まあ、アリサという子ども自体が、混沌なんだけどね。

　だが、友也が思っている以上の、混沌が、友也を待っていたのだ。

「嘘。友也。嘘だ」

　たっちゃんが、わなわなと震えている。

「おまえ、おまえ、そうだったんだ……。街の男にたぶらかされて、子ども産まされて……」

「え、ちが」

　それはいったい、なんて誤解なんだろう。いくら中央都市の遺伝子工学が進んでいたとしても、男に子どもは産めない。たぶん、産めない。……中央都市だったら、もはやすでに技術はあるのだけれど。もしかして、月の研究所だったら、できるのかもしれないけど。少なくとも、そういうことになっている。

「たっちゃん。違うんだよ」

　そうは言っても、彼の誤解をとくことが、大変に難しいことに気がついた。

男にも子どもが産めるという、とんでもない先入観があったとしたら。

やってきた中央都市からの優男。彼の手にした小さな子ども。子どもがママと呼んで泣きついてくる。これはもう、「実家に帰ります」と飛び出した妻を迎えに来た夫にほかならない。

「違う。違うんだ！　待ってよ、たっちゃん」

だが、彼はもう、玄関を飛び出すところだった。まるで、捨て台詞《ぜりふ》のように、「てめえ、友也を泣かしやがって。友也はもう、こっちにいたほうがいいんだ。街になんて、帰らせないんだから！」、そんな余計なことを言って、たっちゃんは靴を履くと、玄関の社長の脇を押し通っていった。

「あの？」

今のはなんだったんだ？　というような顔をして、社長は友也のほうを見た。

「いや、気にしないでください」

はあ。今ので、毒気が抜かれてしまった。腕の中のアリサも、ようやく落ち着いたようだし。

「ああ、どうしよう」

たっちゃんが昔、友也が覚えているとおりのご近所の人気者なのだとしたら、きっともう、そこら中に言いふらされているだろう。乾いた笑いが漏れてしまう。

「ふ、ふふふ」

ご近所に、「男のママ」だと思われている俺。笑いが止まった。しゃれにならない。

「困った……」

そうつぶやくと、社長はのんきに「なにが？」と聞いてくる。次第を話すが、もちろん、彼がそれを気にすることはない。

「目立つのは好きだ」

そんなことを言ってご機嫌になる。

この人が困ることとか、真剣に悩むこととか、あるんだろうか。きっと、ないんだろうな。だって、この人はピカピカしたダイヤモンドなんだもの。


それに比べれば、自分は石ころだ。


自分で考えたんじゃない。言われたんだ。

いつも社長をライバル視してつっかかっている秋山という男に。

彼は、Aクラス。友也からしたら、はるか上のクラスだが、それはそれなりに思うところがあるものらしい。彼は、自分よりもはるかに下のクラスの友也相手に、中央都市では珍しいほどに、あからさまな差別と侮蔑《ぶべつ》を繰り返した。しまいには、木村をはじめ、フォースクエアの面々が彼の来訪を嫌がり、取引中止を考慮するほどに。

「俺はエメラルドとか、ルビーみたいなものだ。希少さも硬度も輝きも、ダイヤモンドである宇喜田にはかなわない。どうしたって、こえられない壁が、そこには厳然としてあるんだよ。それでな、Gクラスといえば石ころだ。そこらにころがっている、ありふれた小石なんだ。それなのに、おまえは、宝石店の一番奥のショーケースの中にあるダイヤモンド、その隣におさまってるんだぞ。え、それをどう思ってるんだ？」

その通りなので、反論はしなかった。黙っていた。

今思うと、秋山さんは、社長のことが好きなんだな。

だけど、秋山さんはAクラスとはいえ、男だもの。社長が気にとめるわけもない。社長は好奇心の塊だけど、同時に、自分の興味がないことはとことん無視する、ううん、無視とかそういうことを考えてもいない。元々、目に入っていない。すかっと切り替えられている。そういう人なんだ。

友也はきゅうっと、アリサを抱きしめて、決意する。優しくなんてしないんだからね。

ここは郊外で。

自分は、休暇中で。

この人につきあう義理なんてない。

むしろ、帰って欲しいんだからな。だから、決心した。ここにいる間、ぜったいに社長の世話なんて焼かないんだから。とっとと帰ってもらうんだから。

だが、社長は図々しかった。

「アリサが、来たシッターにまったく懐かなくてさ。困っちゃったよ。吐くほど泣いて、大騒ぎになっちゃった。仕事をするどころじゃなかったよ」

今度はきちんと靴を脱いで上がってきたかと思うと、おもむろにアリサのプロフィールカードを取り出し、読み上げ始めた。

Aクラス。

一歳二ヶ月。

八・五キロ。七十五センチ。

伝い歩きする。ママと発音する。

現在は離乳食とフォローアップミルク。

アレルギーなし。

おむつはMサイズ。

居間に、育児用品が山と積まれた。

玄関にはベビーバギーが置かれている。

「どうしたんですか、これ」

「中央都市から支給されたのが半分、ここに来る途中に買ってきたのが半分かな。フォローアップミルクなんて、生まれて初めて聞いたよ」

「そんなわけないでしょう」

いくら中央都市でもそのぐらいは耳に入ると思うのだが。

「そんなに子育ての知識が欠如しているというのに、よくアリサを引き取ろうなんて思いましたね」

皮肉でもなんでもなく、心からそう思った。こんな人でも「人の親」の自覚があるんだな。

だが、社長はなんてこともなく言ったのだった。

「失敗だったよねー。こんなにたいへんだとは。まあ、お試しは一週間だから、その時点で人口調整局に返すこともできるけどね」

「けっこう、中央都市も無責任なんですね」

「ほんとだよねー。いきなり言われても、正直、困るよ」

貴重なAクラスなのに、そんなことでいいのか。

「ああ、友也。だからさ、ほら」

そう言われて、いやがるアリサの足首を持ち上げる。むっちりとしたその足首には、細い生体バンドがはめられていた。仮釈放中の罪人がするやつじゃなかったっけ。

「それから、ほら」

そう言って、社長はひょいと足をかかげる。そして、足首をまくると、そこにはやはり生体バンドが嵌《は》まっているのだった。

「もう、なにをしたわけでもないのにねえ。やんなっちゃうよね。アリサの健康状態がやばいことになったり、アリサと二百メートル以上離れたりすると、これがものをいうんだよ。どこにいても、中央都市の人口調整局が飛んでくるからね。一週間は側《そば》にいて、アリサの面倒を見て、彼女には健康でいてもらわないといけないんだ。それからあとは、もう会うことがなかったとしてもね」

そういうのを聞いていると、ああ、やっぱり社長は社長なんだなあと、安心したような、残念なような、なんともいえない気持ちになってくる。

「中央都市では、子どもは宝物だからね。それを傷つけることは大罪だ。ぼくを、収監所に送りたくないでしょ？　ねえ、友也。お願いだよ。助けると思って、アリサの面倒をいっしょにみて。ね？」

そう言って、社長は、友也を熱心にかき口説いてくる。こんなふうに、一人の人間を見つめることは、珍しい。

「くっ」

くらりとした。

「はい」って言いそうになった。悔しい。

それじゃだめだ。

ここでいつもの自分とは違うところを見せておかないと、また同じことになってしまう。

「そんなことを言われても、お役には立てないですよ」

そう言って、友也は、抱いていたアリサを床に下ろした。アリサは友也の足を掴んで、まだ抱っこしていろと命じている。

「お子様を連れて、早々にお帰りになったらどうですか。うちの家族は温泉旅行で、しばらく帰ってこないので」

「え」

社長、今までの友也とは違った対応に驚いている。

「せっかく来たぼくを、追い返すの？」

「社長、私は、休暇中です。休暇中の秘書のところに押しかけて無理強いするのは、パワハラです」

ああ、言ってやった。すっきりした。気持ちがおさまった友也に対して、社長のほうは、衝撃がおさまらないらしい。

「友也が……友也が……」

ふんだ。もう、秘書をやめてもいいんだ。言いたいことを言ってやる。

「私が、社長にいつも唯々諾々《いいだくだく》と従うと思っていました？　無理難題を押しつけても、嬉々《きき》としてそれをこなす便利なマシーンとでも思っていました？　おあいにく様。そんな、いい子じゃないんですよ」

「そんな……そんな……友也が、そんなことを言うなんて。反抗期？」

ふふふん。言ってやりましたよ。

「友也は、ぼくに尽くすのが好きなんだと思っていたのに」

「そんなわけないでしょうに。もし、ほんとにそう思っているのだとしたら、そのあたりを考え直してください」

「うそ……嘘……」

衝撃を受けている社長をいい気味だと思っている。それなのに、すごい悪いことをしたみたいだとも思っている。

そんなふうに彼に罪悪感を覚える必要は、これっぽっちもないのだと、言い聞かせている。そうしないと、どうにもこうにも、ずきずきとしてきてしまう。そのずきずきがやってくるのは、彼と初めて会ったときや、秘書にならないかと言われたとき、服を買ってもらったときに、彼の輝きに衝撃を受けた場所であり、また、彼と離れようと決めたときに、痛みを伴った場所でもあった。

肩を落としている社長が、ふっと周囲を見回した。

「あれ、アリサは？」

「あ、俺の後ろに」

くるりと振り向いたのだが、そこにアリサの姿はなかった。

「やばい」

「静かだから、おとなしくしてくれてるんじゃないのか」

「は、これだから、素人《しろうと》さんは」

子どもという存在を知らないから、そんなことが言えるんだ。

「いいですか、社長。子どもはパワフルなんです。そして、そのパワーのほとんどを、どうしようもないことに使うんですよ」

自分が姪っ子のめんどうを見ていたころ、おとなしいと思ったときには、台所にストックしてあった米びつから押せば米が出てくるのを知って、すべてを出していた。その日、台所はライスシャワー状態だった。米の海が広がっていた。

幸いに、アリサは米は出していなかった。

これを幸いと言っていいのなら。

アリサがはいはいで入っていった先は、居間だったのだ。そこにはライスボックスはなかった。

代わりにあったのは、ティッシュだった。

しかも、不幸なことに、ティッシュケースの中に、新しいティッシュを入れたばかり。ティッシュは一箱に、いったい何枚入っているのだろう。色は白。その、純白のティッシュの花が、一面に咲いている。

「え、なんで？　どうして？　なんでこんなことをするの？」

心底、ふしぎそうな顔をしている。それどころじゃないだろう。

「あああああ！」

思わず叫んだ声に、ご機嫌だったアリサは、なにごとかとこわごわこちらを見た。そして、驚愕に見開かれたこの顔を見て、ただならぬ気配を察知したのだろう。

「ふ、ふえ……」

口をへの字にすると、ずるいことに盛大に泣き始めた。

「友也が泣かせた」

社長は勝手にそんなことを言っている。彼の形のいい指は、優雅にその耳の穴を塞いでいた。そう、子どもの声というものは、とてつもなく耳に響く。耳から脳にふってきて、そこを掻《か》き乱す。おそらくは、昔々、まだ原始人が狩りをしていたその昔から、子どもはその危機をこうして本能に訴えて生きてきたのだろう。

要は。

とっても。

とっても。癪に障る。

アリサはまだ、あぐあぐと泣いている。

「あぐあぐ？」

彼女は、ティッシュを口に押し込んでいたのだ。ティッシュを食べている。

「だめ、それだめ。だめえええ！」

「ふんむー」

口に指を押し込まれたアリサが、怒り出した。指に噛《か》みつかれて悲鳴を上げる。

社長も加勢し始めた。

「こら、こら、アリサちゃん。やめなさい。友也の指を噛むんじゃない。動物じゃないんだから、人としての尊厳を……」

「子どもを説得していないで、社長。ここらの床にあるものを、すべて棚に上げてください」

「え、ぼくが？　ぼくがやるの？」

「車の自動運転ができないことからもおわかりのように、ここでは、回線がないので、ナニーアンドロイドがもし来たとしても、使えないんです」

社長は、心底、驚いたようだった。

「じゃあ、どうするの？」

「人がやるしかないんですよ」

「人が」

「手で」

友也は手をガッツの形に持っていく。

「手で？」

「そうです。そして、ここには、俺とあなたしかいないんです」

社長はもう、逆らわなかった。彼はうなずく。

「わかった」

初めて、こんなふうに自分が社長に命令している。なんだろう、ほんのちょっぴり、気分がいい。


「終わった……」

はあ、なんとか片付けた。

「なんか。これから、バッファローの群れが来るような感じだね」

そう社長が言った。

「そうですね」

アリサの手の届きそうなものは、すべて簞笥《たんす》の上や戸棚の中、押し入れに詰め込まれている。居間のローチェスト上のマトリョーシカを、引き出しにぶち込む。「え、私をここに入れてしまわれるのですか」とマトリョーシカたち五人に驚愕と恨みがましい目で見られるが、そんなことにはかまっていられない。引き出しを閉めると、取っ手を外した。

きみたちだって、アリサに舐《な》められるよりそこに姉妹なかよく、いたほうがいいでしょう。

気がつくとアリサは、テレビの脇にあったリモコンをしゃぶっていた。

「わー！」

取り上げると、たいへん不満げにこちらを見た。

社長がつぶやく。

「口が寂しいのか……。違うな。もしかして、アリサ、お腹《なか》がすいているのかな」

アリサがテレビ台のうしろの隙間に潜り込んでいる。まさか、感電することもないだろう。埃《ほこり》まみれになるかもしれないが、そこは大目に見ることにしよう。そう思っていると、ふぎゃあと声がした。キジトラ猫のマルが、しっぽを摑まれて鳴いていたのだった。

「マル」

こんなところにいたのか。

それでも、ひっかかなかったのは偉かった。

「めっ、だよ。にゃんこちゃんが痛い痛いだよ」

叱ると、アリサはふにふにと自分が泣き出す。

カオス。

それは、ここが郊外だからではない。そうではない。断じてない。社長だ。アリサだ。宇喜田光太朗が、中央都市から、アリサという混沌を持ち込んできたのだ。


家に帰ってゆっくりしようと思ったのに。

子どもという、最強の混沌でしっちゃかめっちゃかになっている。

それにしても、子どもって、なんてパワフル。でも、子どものすることって、同じだな。ハイクラスの中央都市の子でも、郊外の子でも、子どもの時には変わらないんだな。

どうしたっけ。姉は、こういうとき、どうしていたっけ。そう。義兄を呼びつけて、例のあれを使った。

例のあれは、押し入れの奥から発見された。

「社長、体力に自信はありますか？」

「Sクラスだからね」

例のあれとは、抱っこひもである。それを、ばーんと社長に向かって突き出した。

「アリサを抱っこしててください」

今度は社長は、文句を言わなかった。どうやって結ぶのか聞くと、そのたくましい胸の中に、アリサを抱きかかえる。アリサは、指をしゃぶりだしていたが、異論はないようだった。

黙っていてくれる。それが、こんなにありがたいことだとは思わなかった。

これで、片付けがはかどる。


ぐったりしつつ、マルの皿にごはんをあげた。水も交換してやる。ようやく、どこかに連れて行かれることはないと悟ったのだろう。マルはおとなしく皿から餌を食べている。

社長の持ってきた離乳食があったので、いくつか並べてアリサがつかんだビンの蓋をあけて食べさせた。中身はどうやらレバーペーストのようだ。まだ足りなさそうだったので、フォローアップミルクを足した。中央都市のフォローアップミルクは、特殊な容器に入っていて、蓋をあけると適温に温まるようになっている。これは、郊外にもほしい。姪っ子のミルクをやるときには、温めるのがたいへんだった。

じっと、社長が、アリサの様子を見つめていた。やはり、自分の子どもだから、その食事風景をあたたかく見守っている、気になってしまう……――のではないくらい、社長のことを知っている自分だもの、わかっている。

社長の腹がくーっと鳴った。今日は、食事をとらないでここまで来たのだろうと推測する。無視して、ミルクをあげていると、とうとう、社長が言いだした。

「ぼくも、おなかが減ったな」

「そうですか。でも、離乳食はアリサちゃんのものですから。社長のごはんじゃないですよ」

「友也が……冷たい……」

すねっとすねている社長に、いらっとする。

いっつもいっつも、されて当然と思ってるんだ。この人は。でも、友也も悪い。この、ただでさえ、ひらひら軽い人を、よりいっそう、増長させたのは、どう考えても自分なのだ。

ふだんなら、中央都市にいたとしたなら、こうなるまえに、なんとかしていた。社長の食べたいものを、食べたいタイミングで、出していた。今日だったら、そう、ヴィセのクリームパスタあたりだろうか。

とうとう社長が言いだした。

「ヴィセの、クリームパスタでいいんだけどな」

ヴィセとは、中央都市ではよくある、デリバリー店である。温かいものを温かいまま、運んでくることに定評がある。

素っ気なく、素っ気なく。そう意識しないと、空腹な社長に同情してしまいそうになる。

「ここには、そんなものはありません。ご自分で、探すか買うかしてください」

「そんな」

悲しげな顔をされても、俺は同情なんかしない。

「友也。ぼくは、ここに来たばかりで。右も左もわからないのに？」

「あなたが勝手に来たんでしょう」

「たくさん、働いたよ?」

それは認める。社長にしては、とってもとってもがんばった。

社長が遠い目になっている。

「おなか……すいたな……」

それから、もう一度、こちらを見た。

「食べるものが、ないんだ……?」

「……くっ」

自分が、気にする筋合いはないのに、なんだかいじめているみたいじゃないか。

「言っときますけど、今、あるものは、ローカルフードだけです」

「ろーかるふーど?」

「そうです。角の信濃屋のコロッケだけです」

「コロッケ」

ぱっと社長の顔が輝いた。彼はおそらく、思い違いをしている。

「言っておきますけど、あなたが思っているようなのじゃないです。あれは、クリームコロッケです。俺が言うのは、これです」

出してきたのは、茶色い平べったいもの。

「これは、食べ物……?」

社長はとっても失礼なことを言って、しげしげと見た。

「そうです。ジャガイモです」

「ジャガイモー？」

なさけない顔で彼はこちらを見た。ジャガイモが苦手なのだ。

くくく。今の俺は悪魔だ。

今まで、俺をこき使った社長に、言いたいことを言ってやるんだ。

「そうです。あなたの嫌いなジャガイモです」

「わざと……？」

「違います！」

そこまで用意周到じゃない。

「偶然です。いいですか。これは、俺のぶんだったのを、社長に分けてあげるんですからね。ほんとだったら、あなたのぶんなんて、ないんですからね。勝手にこちらの迷惑も考えないで、押しかけてくる人を、こちらでは客なんて言いません。客じゃない人のごはんがないのは、当然なんです」

言い放つと、アリサを抱っこしているように命じた。「相手をしていて」なんていう、いい加減な指示では、彼には通じないことがわかったからだ。

冷凍ご飯があったのが幸いだった。解凍して、ありあわせのもので味噌汁《みそしる》を作る。コロッケを温める。

アリサは納戸から引っ張り出してきた、子供用のテーブル椅子《いす》にのっていてもらった。台所のテーブルで、気ぜわしく、食事をとることになる。

「いただきます」

社長が、自分のコロッケを二等分する。その片方を口に入れる。きれいな箸の使い方をする人だなあと、見とれていると、彼がハッとしたようにこちらを見た。

ほら、言わんこっちゃない。

「いいですよ。残しても」

まあ、当然だろう。自分にとっては懐かしい味であっても、社長にとっては、雑味だらけの適当な味だ。最初から、お気に召すなんて思っていない。

「おいしい、これ。え、なに、これ。いったい、なにが入っているんだろう」

しみじみと、箸の先にコロッケをつまんでかかげる。それが貴重な小動物ででもあるかのように、しみじみと見つめた。

「ジャガイモです」

「こんなにおいしいごはん、初めてだ」

社長は、高級デリか有名店の外食しかしないと思っていた。

「きっと、物珍しいからおいしいんでしょう」

違うと言いたげに唇を尖らせる社長に向かって、友也は言った。

「気に入ってくれて嬉しいです。ここのコロッケ、好きなんですよ」

「きみはいつも、こっちで、こんなにおいしいものを食べているのか？」

「まあ、だいたいこんな感じです。ただし、今日のごはんは、野菜が少々足りないですよね。気をつけないとな」

「さきほどの彼が、コロッケの信濃屋さんなのか。たっちゃんとかいっていた」

「ああ」

友也は、顔をほころばせる。社長が、いぶかしげにこちらを見た。

「たっちゃんは、同じ学年で……。幼なじみなんです」

「おさな、なじみ？」

社長はふしぎそうな顔をしている。

「ああ、そうか。中央都市では、幼なじみという概念はなかったんでしたね」

あらゆる市民は、自分の所有する家を持たない。そのときそのときのライフステージに合わせて、住所を変えていく。

「えーと、郊外では同じ家に住み続けますからね。そのときにたまたま隣だったとしましょう。そのとき、産まれたときが近いと、必然的に同じ学年になって同じ小学校に通い、同じ中学校に通う確率が高くなるわけですよ」

「ふーん?」

社長は、首をかしげている。わかっていないな。

「とにかく、小さいときからの知り合いです。親しいんです。いいやつなんです、彼は。あ、そういえば」

今は、笑えてしまうのだけれど。

「最初に会ったときに、社長のこと、たっちゃんに少し似ているなって思ったんですよね」

「ふーん」

社長は手を止める。また動き始めたときに、彼の唇が若干尖っていることに友也は気がついた。

「いったい、なんなんですか」

「は、アリサは?」

さっき、椅子からおろせと言うのに従ってしまった。

やばい。静かだ。また、ろくでもないことをしているのではないだろうか。ドキドキしながら見回すと、彼女は居間の畳にのびをするようにして眠っていた。

「なんか……自由だなあ……」

そう言ったのは、社長だ。社長にそんなことを言われるなんて。

「俺からしたら、社長もいいやってくらい、自由だと思います」

彼は、きょとんとして、目を上に向けた。

「そうかな？　とても、そうは思えないんだけどなあ」

二階から、自分の夏掛け布団を出してくると、友也はアリサにかけてやった。大きな自分の布団の中で小さなアリサの身体が泳いでいる。

社長が、その顔を覗《のぞ》き込むようにして、隣に寝そべっている。ふしぎそうに、見ている。

マルも、アリサの近くにはべっていた。

「なんだ、マルはお兄ちゃんのつもりかな」

社長が、マルの背中を撫でてやっている。

なんと。

マルは、いまだにたっちゃんにも懐かないというのに、社長には慣れているのだ。なんだろうな。社長が人間離れした、ふわふわした男だから、警戒心を抱かないんだろうか。

「ねえ、友也。変わった猫だな。なんて種類なの？」

まあ、猫には必ず血統書があると思っているあたりは、さすがに中央都市の人なんだけど。

「なにものでもない、雑種です。つまりは、適当に交尾した結果、産まれた子どもです」

「すごいねえ。混沌とした場所だね、郊外は」

このひと、おもしろがっている。コロッケをおいしそうに食べたところといい、この人にとっては、ここはサファリパークかなんかなのか？

社長が、つくづくとアリサの顔を見ていた。

「子どもって、寝顔は天使だなあ」

つっこうとする指をぐっと止める。

「起こしてどうするんですか。俺たちも、今のうちに休むんですよ。じゃないと、身体が持たないですよ」


アリサの隣に、自分たちも横になる。

「お昼寝なんて、キンダーガーデン以来だよ」

そう言いながらも、社長はアリサをもの珍しく見つつ、半分、眼《め》を閉じようとしている。

「社長にも、そんな、小さいころがあったんですね」

「あったよ。というか、アリサといたら、なんだか、思い出したんだよ。そういうときが、ぼくにもあったんだってね」

気のせいじゃなく、社長はひどく優しい顔をしている。

そして。

アリサというカオスがなくなったとたんに、ひしひしと現実として思い知らされてきたんだけど。社長と二人きりだ。

そりゃあ、今までだって、社長の運転する車の中とか、社長室とか、二人きりになる機会はたびたびあったけれど、プライベートだ。そして、ここは郊外だ。自分がイニシアティブを握れるんだ。こんなことって二度とない。

超、レアタイム！

友也は社長に背を向けると、身体を丸めた。口元が笑えてきてしまうのを、必死に抑えた。

このひとときを、楽しんだっていいだろう。

だって、もう、俺は中央都市からこっちに帰ってくる……——かもしれない。この人とも、もう永久に会うことがなくなってしまうかもしれないんだから。

くるんと寝返って、アリサと社長のほうを見た。社長は、肘《ひじ》をついて、顔をこちらに向けたまま、寝てしまっている。

ほんとにきれいな人なんだよなあ。女っぽいというのとは違っている。けれど、肌がなめらかで、まつげが長くて、唇が赤くて。その唇が半分ひらいている様は、まるで一幅の絵画のようだ。美人は見飽きるなんて嘘だ。それは、美しさが足りないのだ。俺は、社長の顔なら、一生、見ていられる。

社長がぱっと目を開いた。

「見とれちゃった？」

「違います！　見とれてません！」

すみません、あからさまな嘘をつきました。

「そうなの？」

社長は、ふふっとうれしそうに笑った。

「別に、ぼくに見とれるのは普通のことだから、かまわないのに。いいんだよ、素直になっても」

こういうところが、こういうところが、こういうところが！

「一生を食い物にされるわよー」と言ったときの、木村の顔が、脳裏に浮かんで去らない。

「あ、そうだ」

社長は、立ち上がると、外に行った。駐車場にとめてあった車の中から、自分のぶんの荷物を下ろしてきたらしい。

「ふん、ふふーん」

陽気に鼻歌を歌いながら、彼は自分の服を棚の上や押し入れの中に勝手に詰めていく。

「なにしてるんですか、あなたは？」

「だって、着替えは必要でしょ？」

いや、待って。あの荷物もいい加減、ずいぶんたくさんあるとは思ったけど、もしかして、今晩泊まるつもりなんだろうか。

「お帰り下さい」

「来たばかりだよ」

「社長、今から帰れば、夕食までには中央都市に帰り着けますよ。社長の大好きなハンガリアンビーフを届けさせるように手配しましょう。それから、最新のナニーアンドロイドをつけますから」

猫なで声で言ってみるのだが、「こっちのごはんをまだまだ食べてみたいし、アリサは友也にしかなつかないよ」とさらっと返してくる。

「友也しか、頼れないんだよ……」

今、友也の脳内では。

――木村さんが騒いでいる。

「もう、友也くん、社長に甘すぎ！　そんなんだから、しゃぶられるだけ、しゃぶられるんだから。社長は決して悪い人じゃないけど、人になにかしてもらったり、されたりするの、当たり前だと思っているからね。そういうのがふつうになっている男だからね。そして、おねだりの仕方を会得しているんだからね。だから、たまにはがつんと、言っちゃわないと、わからないから」

――がつんと言っちゃえーと脳内の木村さんは言うけれど、社長のおねだりには、とことん弱い。

「……そうですか……だったら、しょうがないですね……」

そう答えている自分の声を聞きつつ、ひたすら思っていた。

バカバカ。俺のバカー‼

「アリサはまだ寝てるのかな」

「ええ、みたいですね」

「起こさなくてもいいんじゃないの？　寝ててくれたら、すごく助かる。できるだけ、長く寝ててほしいなあ」

寝る子は育つ。それは、もしかしたら、そういう親の、はかない願いを表しているのかもしれない。

だが、そうは問屋が卸さないのだ。

「寝かせすぎると、夜、寝ませんよ」

社長は態度を変えた。

「ナニーアンドロイドがいないここで、それは困るな。起こしに行こう」

即答か。

アリサを寝かしつけていた居間の引き戸が開いていた。いやな予感がした。

社長がつぶやく。

「アリサがいない」

布団がもぬけの殻だ。彼はうろたえている。

「戸を閉めていたはずなのに。あけられるなんて、聞いてない！　どこに行った？」

まさか、台所じゃないよな。ライスボックスを確認するが無事だった。そして、アリサの姿はない。

玄関に落ちているということもないし、鍵《かぎ》がかかっているから、アリサには出られない。

「んー……？」

トイレを探してみたが、もちろんいない。

「さらわれた？　ぼくに似てかわいいから？」

「それはない。この家の中にいますよ」

「ぜったいに？」

「ぜったいです。アリサと社長は、離れたら信号が来るんですよね」

「ああ、そう。そうだった」

社長が考え込んでいる。

「階段の前を過ぎたときに、音がした」

「え、いや、まさか」

相手は、ようやく歩き始めた幼児なんだぞ。歩きだっておぼつかないのに、階段を上るなんて、そんなことがあるはずがない。そう思いつつ、階段を上っていく。浅野家の二階にいたる階段は、途中で曲がっている。そこまで上ると、アリサがいた。

「あ?」

悪いことをしている自覚はあったのだろう。アリサは友也を見つけると、てへと照れたように笑った。ああ、こんな子どもでも、まずいことをしたと思ったときには、やばいなという表情をするんだと妙な感心をしている場合ではなかった。

アリサは立ち上がった。

「あああ、やめてええええ!」

おぼつかない足取りの混沌の女王、無秩序の女神、非合理の悪魔。それが今、降臨されたのだ。

「立ち上がらないでえええ!」

落ちたら、ただじゃすまない——————!

社長が怒鳴った。

「アリサ! お座り!」

「だめ、名前呼んじゃ! それに、社長、アリサは犬じゃない!」

「あう?」

名前を呼ばれたアリサは、うれしそうにこっちにやってこようとする。

「ママが行くから、だから、その場にそのままいて。いい子だからねー」

だが、願い虚《むな》しくアリサは仁王立ちになると、一歩を踏み出した。ためらいもなく。顔だけはまっすぐにこっちを見たままで。

予想通り、彼女は足を踏み外す。

「わー！」

受け止めようとしたのだが、友也があせっていたせいか、それともアリサが器用に進路を変えたのか、軌道はそれて、さして広くもない階段の友也の脇をすり抜けて落ちていった。

「わー！」

手を伸ばすが、間に合わない。

ころんころんとある意味、天性の転がりっぷりを見せて、アリサは落ちた。

もう、だめだ！

そう思ったところで、社長がアリサを受けとめた。

アリサは、顔をくしゃくしゃっとさせた。これは、さすがに泣くかと思ったのに、彼女は笑い始めた。なんて、度胸なんだ。きっと、これは社長に似たのに違いない。

「ぼくの心臓に、悪い」

これには、さすがの社長も長くため息をついたのだった。

階段を下りる友也の方が腰がへっぴりになってしまった。うつ伏せになっている社長と、全力のいないいないばあに遭ったかようにけたけた笑っているアリサ。その間にへたり込んだら、なんだか笑えてきた。社長の背中も震えている。彼も、笑っていた。

「なに、笑ってるんですか。社長」

「そういう、友也だって」

「ナイスキャッチでした」

「すごいでしょ？」

「さすがです」

「ふふ、ハイスクールのときには、野球部だったんだ」

「そうなんですか？」

「嘘だよー」

友也はあきれる。

「どうして、そんな嘘をつくんですか」

「友也がどんな顔をするのか、見たかったから」

だから許してと首をかしげてこちらを見る。

むっとしていたのに、心の芯がくんにゃりしてしまう。

社長はこういうところがずるい。

力が抜けた友也は、社長に提案した。

「二階に上がれないように、ベビー柵《さく》をつけましょう。玄関にもつけられる柵があったはずです」

「そうだね。あんなによちよち歩きなのに、階段を上れるとは思いもしなかったよ」

「目を離したら最後ですから」

二人は交代でアリサの相手をしながら、階段と玄関を柵でガードした。

姉が物持ちがよくて助かった。


「一番いいのは、疲れさせることですね」

「友也。アリサが疲れるころには、ぼくたち二人とも、息絶えていることと思うよ」

社長はふっと息をついて肩を落とす。

言っていることがまっとうなだけに言い返せない。

「じゃあ、社長！　これはもう、『外』に行きましょう！」

「外に」

「この近くに、ママさんたちが集まっている、公園があったはずです。そこに連れていって遊ばせ、とことん、体力を搾《しぼ》り取るんです」

「わかった」

友也は自室に置いてあった郊外の服に着替える。自分が、アリサを遊ばせないといけないだろう。社長なんてあてにならない。

そう思っていたのに、彼は、ベビーバギーを調整して、アリサをのせた。そして、手荷物一式をマザーズ仕様のデイパックで、背中に背負ってくれる。

「友也にゆっくりしててって言いたいところだけど、でも、その公園の場所さえわからないからなあ」

「こっちです」

初夏の太陽は、郊外のアスファルトを照らしている。じりじりと音がしそうな午後だ。

「あっついねー」

そう言って、社長は、天を仰いだ。つーっと首筋を汗が滑っていく。それが、なんとも透明で。この人は汗さえ特別製なんだろうかと疑いたくなるほどだった。

「それにしても、郊外の女の人は、すごいなあ」

社長が、そんなことをしみじみと言った。

「どこがでしょうか？」

「だって、自分のお腹で子どもを育てるんでしょう？　ひと一人をお腹でなんて、すごい度胸があるよね。もちろん、中央都市でも、自然志向で挑戦する人はいるけど、めったにいないよ。命がけになるもの」

「そうですよね。俺も、母親には感謝しないと」

「そうだね」

じっと社長は、こちらを見ていた。それから、手を伸ばすと、髪の毛をわしゃわしゃした。

「はい？　いま、なんでこんなことしたんですか？」

「うん？　なんでだろうね。したくなったから、しただけだよ」

「はあ」

まあ、いいや。この人になんでとか理由を求めても無駄だしね。


なんの変哲もない公園だった。

一軒家や小さめのアパートが続く、低層住宅地の中の小さな公園。サクラが三本ほどと、藤棚。遊具は滑り台と、砂場だけだ。その昔は、鉄棒があった気がしたが、おそらくは危険だということで、撤去されたのに違いない。

社長が、アリサを公園で遊ばせている。ふわりと、舞うようなしぐさ。微笑んで、首をかしげている。アリサはご機嫌で、初めてふれたであろう、砂場の砂の感触に酔いしれ、何度も握っては、まいている。おまえは、土俵《どひょう》入りの相撲《すもう》取りかと問い詰めたくなるしつこさだった。

社長とアリサが遊んでいる。なんの変哲もない公園が、それだけで風光明媚《ふうこうめいび》に思えてくるからふしぎだ。

木陰のベンチで二人を見つめ、たまに手を振ってくるアリサと社長に手を振りかえしていると、遠巻きにしていた近所のおかあさんたちが、じょじょに近くに寄ってきた。

これは、いわゆるママ友的な集まりなんだろうか。

「もしかして、浅野さんところの息子さん？」

中でも、一番好奇心が旺盛らしいおかあさんが、友也にそう聞いてきた。

「はい、そうですけど」

「ああ、やっぱりー！」

きゃあああっと声が上がる。

いったい、なにが「やっぱり」なんだろうか。それを聞くのがたいそうにおそろしかった。

だが、情報は向こうからやってきた。

「街は進んでるわねえ。男の人でも子どもが産めるなんて」

男で子ども。

それは、もしかして、俺のことを言っているんでしょうか。違います。どう説明したら、いいだろう。とか考えていると、さらに詰め寄られる。

「ほら、なんていったっけ。人工子宮で育てられるんでしょ」

「えー、便利ねえ。私なんて、帝王切開で産んだのよ」

「私は三日三晩かかったわ。いっそ切ってくれってどれだけ思ったことか」

「ああ、はあ」

いかん。こんな、いい加減な返事をしていたら、あっという間に男のおかあさんであることを補強してしまう。だが、反論する力が湧いてこない。

今日は、いろいろなことがありすぎた。

社長と出会ってから、初めて彼に逆らった。

彼から離れたいと願った。

それなのに、彼は自分を追いかけてきた。

アリサのいたずらを二人してカバーして、階段から落ちた彼女を社長がキャッチしてくれて。

日々のルーチンワークから外れることばかりだ。おかげで、ひどく疲れている。

社長が帰ってきた。

おかあさんたちを見向きもしない。

「友也、アリサが喉が渇いたって。バッグから飲みものを出してくれる？」

そう言って、アリサの手を洗うと、隣に腰を下ろした。彼のぶんの水も手渡してやると「ありがとう」と礼を言って、ひらひらと微笑んで、喉をそらして、水を飲んだ。

「それにしても、いい男ねえ。だんなさん」

「だんなさん……？」

おかあさん方がうっとりと見つめるその先にいるのは、当然のように社長である。

「いや、それは」

違うと言おうと思ったのに、立ち上がった社長が「よく言われます」とにこにこと答えている。

このタイミングで話に加わる？

「ちょ、社長」

「え、なに。じゃあ、友也はぼくのこと、いい男だと思わないの？　ハンサムだってよく言われるから、そうなのかなって思っていたんだけど、ここだと違うの？」

だから、そういうところが！

「いや、たしかに社長はハンサムです。見たことがないくらいに、きれいな人だと思っています」

「ふふ」

社長が、じつに嬉しそうに微笑んだ。

「友也ならそう言ってくれると思っていたんだよね。やっぱり、ぼくは、かっこいいよねえ」

「あらー」

「おやおや、これはお熱いことだわね」

「今日も暑くてほんとに参っちゃうわあ」

などと言いながら、彼女たちは、自分の身体をパタパタとあおいでみせる。

「いや、違うんです。そうじゃなくて」

「いいのよ。私たちは街の人のことはよくわからないけど、でも、こんなにかっこいいんじゃ、めろめろになるのもしょうがないわよね。おめでとう！」

「ありがとうございます」

ちょっと待って。なんで、社長がそこでにこやかに返しているの。違うでしょう。誤解を解いて。

でも、社長は、いつもプレゼンのときにしているような、よい外面《そとづら》の仮面をかぶったまま、にこにこしている。それを見て、ああ、これ以上の質問は控えよう……なんてことは、奥様方の好奇心の前にはなく、次々と、矢のように質問が飛んでくる。

「いくつになるの？」

それに律儀《りちぎ》に社長は答える。

「一歳と二ヶ月です」

「違うわよ。あなたの歳よ」

「三十二です」

「なにしてる人？」

「フォースクエアという会社の社長です」

「んまあああ、社長さん」

「ていうことは、お金持ち？」

ざわっとどよめきが広がった。

「すごい車に乗ってるのよね」

「運転が好きなもので。車以外には、客船と飛行船と自家用ジェットを持ってますね」

さすがに辟易《へきえき》してきたものらしい。微笑みながら、友也の隣に座った。アリサは、友也の膝に座ってマグで麦茶を飲んでいる。

「友也。少し、疲れた？」

「俺は、ここで見ていただけだから」

「でも、暑いしね。こんなに汗かいてる」

そう言って、額に手を当ててきたので、よけいに熱が上がりそうになった。

おかあさん方からは、黄色い悲鳴が聞こえる。

麦茶に飽きたアリサは、友也と社長を見比べていたが、子ども心にも、ここで連れて行ってくれそうなのは、社長のほうだと思ったらしい。しょうがないなというように「ん」と言うと、手を差し出した。

社長はなんともいえない表情をして、目を細めて、その身体を、うやうやしいような手つきで抱き上げた。

「ん」

そう言って、アリサは砂場を指さす。砂まきが、よほど彼女の遊び心の琴線にふれたらしい。

「だんなさん、これ、貸してあげるわ」

そう言って、奥さんの一人が、砂遊び用のバケツとスコップを持ってきてくれたのを、受け取る。

「これ、どうしたらいいんだろう」と言いそうな顔で見ているので、山を作って、トンネルとか作るといいですよ、と教えてあげた。

「トンネル……?」

じっと険しい顔で社長はバケツを見つめている。このプラスチック製の赤と青と黄色のバケツとスコップでどうやってトンネルを作るのだろうか。郊外には、自分が知らない、大きな秘密があるのだろうか。そういう目で見つめていた。

「しょうがないですね。俺が、教えてあげます」

そう言って、友也はスコップでバケツに砂を入れると、ぎゅうぎゅうと押し固めて、ぱっかりと逆さにした。まるで、プリンのように、そこには山がこんもりとできる。さらに隣に作り、押し固める。郊外は少々、雨が降ったものらしい。少しだけ、砂が湿っていて、固まりやすかったのが幸いした。ほどなく、友也がこうしたいと思ったくらいの、こんもりとした山が完成した。

「あ?」

アリサが、しきりと指を指している。

「そうだね。これは山だよ。トンネルを作るよー。社長、そっちから、掘ってきてください。こういうふうに。……ああ、服が汚れるのを気にしているのだったら、いいです。一人でやりますから」

「できるよ！」

社長はむきになって、反対側から、手を差し入れてきた。砂をかきだし、方向を合わせて、トンネルを掘っていく。やがて、中でトンネルは貫通した。指先がふれあう。そのときに、社長の指が、砂をかいていたせいなのだろうが、くすぐるみたいに友也の指先をなでたものだから、ひゃ、と変な声を出しそうになり、慌ててそれを引っ込めた。社長はと見ると、彼はまったく頓着しないようでいて、少し顔をほころばせている。

きっと、おもしろがっているのに違いない。いつもとまったく変わらない。

平常心、平常心。唱えながら、必死にトンネルに手を入れてきたアリサの手を握ってやった。彼女は、それが目の前の友也の手であることを、あっという間に悟ったものらしい。何度も何度も、繰り返し、友也に手を入れろ、そしてこの手を握れと催促してくる。友也は砂まみれになった。

「アリサ、ごめん。ママ、もう、この体勢がつらい」

弱音を吐いて申し訳ないのだが、アリサと手を繋ぐためには、砂場に這《は》いつくばらなくてはならず、さらにそこから、彼女のまだ小さな手をつかむために、目一杯伸ばさなくてはならない。背中が。背中が凝る。へんなふうに身体を伸ばし続けていたために、腕のあたりも痛い。笑ってもいい。運動不足となじってもいい。でも、実際に痛いのだから、しょうがないのだ。

「じゃあ、交代ね」

「いいです。そんないい服を汚したら申し訳ないから」

社長が友也の耳元に唇を近づけてきた。

「ここで、友也に倒れられるほうが困るよ」

「うわ――――あ！」

耳が。耳が、こそばゆい。

「ほら、ちゃんと水分をとって。むりしないで」

うう。耳を撫でながら、水筒のあるベンチまで戻る。わらっとおかあさんたちが寄ってきた。彼女たちの子どもは、今、社長やアリサの隣で、砂遊びをしている。今度は、いっしょに遊びだした。

なんてすごいんだ。中央都市も郊外もまったく関係ない。その中でもアリサは最年少なので、気を遣って遊んでくれているのがわかった。

「初々《ういうい》しいのね。だんなさんのことを社長って呼ぶなんて」

ここで、あまりに否定しても、まるで自分がとっても社長のことをいやがっているかのようで、あまり、外聞がよろしくない。それに……――もう、ぶっちゃけて言ってしまうと、じつは、こうして冷やかされていることがまったくもっていやではなかったのだ。むしろ、嬉しかったのだ。

しょうがないじゃない。

どうせ社長はいい顔しいなんだから。俺が自分に恋をしていると知ったって、気になんてしやしないんだから。

そんな社長とカップルだと思われて、つかのま、甘い夢を見たって。

ほかほかと頬があっつくなってくる。きっと日に当たったからだな。

「あらあら、だめじゃないの。そんなにからかったら。ママさん、顔が赤くなっているじゃない。純情なんだからー」

きゃっきゃっとみんなが楽しげにしている。なんだか、たくましいな。

「でも、あれよねえ。あれだけ、いい男なんですものね」

「そうですね。それは、否定しないですね」

だが、「よく面倒見てくれて、いいだんなさんじゃないの」と言われたときには、友也の目が遠くなった。

いいだんなさん？

だれが？

あいつは、次々につきあう女性が変わる、とんでもない蝶々人間なんです。世の中で一番、結婚に向いてない人です。

だけど、冷たい水で潤《うるお》した喉から出てきたのはひとことだけ。

「そうですねー」だった。

「うちの亭主なんて、都合のいいとき、可愛がるだけよー。面倒なんて、見やしないわよー。ねえ？」

皆がそうそうというように首を縦に振った。

「うらやましいわー」

反論の気力がない。社長が、アリサをともなって、帰って、帰ってきた。

「アリサは、服の中まで砂まみれになったよ。帰って、お風呂に入れてやらないといけないねえ」

「かわいいわねえ。ごきげんねえ」

アリサは、決して社長ほどの美形とは言いがたいのだが、愛嬌《あいきょう》があるというか、人に見られているのを知ると、よけいに愛想をふりまくのだ。貸してもらったスコップを振り回して、しきりに話しかけている。「だっだっ」とか「うー」なのだが、おそらくは「このスコップで砂を掘って遊んだのは最高だったぜ、ベイビー」とでも言っているのに違いない。

「ほんと、そうですよね。いつもこうなら、ありがたいんですけど」

社長が「いい笑顔」でそう言っている。

「ねえ、ママも今、娘さんはかわいい盛りでしょう」

かわいいのは、真実なので、「はあ」と煮え切らない返事をしておいた。

「パパもこれからが楽しみよねえ」

「そうですね」

俺ら、なんか、もう、ふつうにパパとママとして、認識されている。


公園からの帰り道は、友也がからのバギーを押し、社長がアリサを抱っこして運んだ。彼が妙な顔をしているのが、気にかかった。

放っておこうと思うのに、ついつい、「どうしましたか?」なんて、聞いてしまう。社長は答える。

「ふしぎなんだよ」

「なにがですか?」

「なんで、スコップとバケツを貸してくれたんだろう。レンタル料金はどこに払い込めばいいのかな」なんて、いかれぽんちなことを社長が言いだしたので、「そういうんじゃないです！」とつい、語気を荒くしてしまった。

「え、なにか、きみの気持ちを逆なでするようなことを、言った？」

「そうじゃなくて。あれは、なにも持っていなかったアリサに対して、向こうが好意で貸してくれたものなんですよ。そういうものには、金銭じゃなくて、こちらも謝意を示すものなんです」

「謝意？」

ああ、こんなの、きっと、木村さんなら、こう言うだろう。

聞こえてくるようだよ。

――友也くん、いくらなんでも、中央都市でだって、子どもは子ども同士で遊ぶし、譲り合うし、貸し借りもするわよ。まあ、うちの社長にそんな子ども時代があったかと聞かれたら、どうかなってところだけどね。

ああ、そうだよね。

社長の子ども時代ってまったくもって想像できないよ。社長はこのまま産まれてきて、何年経ってもこのままなような気がする。現に、自分と出会ってからこっち、社長にほんの少しの変化も見られない。もうずっと、決して変わらないんじゃないだろうか。

と、思っていたのに。

「んー、アリサ。たくさん遊んだねえ。楽しかったねえ」

そう言って、頬ずりする様など、なんだか、急に「おとうさん」っぽくなってないだろうか。そして、アリサも、とうとう、この人が悪い人ではなく、自分を遊ばせてくれる男なのだということを理解したものらしい。

ふにふにと摑んだり、顔をすり寄せて、社長の頬ずりに答えている。

社長が、バギーを押している友也を振り返った。

「どうしたの。友也もなんだか、浮かない顔をしているね」

「あなたのせいですよ」

そう言ってみる。

「ぼくの？」

友也は愚痴ってみる。

「もう、まったく。俺のことをママとか、そうじゃないのに」

「なに？」

社長の顔が近くなる。

「友也は、……いやだったの？」

もう、いらないと投げ捨てたのに、いきなり、こんなふうに近くに寄ってこられると、正直言って、どきどきしちゃって困る。

これが社長の距離だっけ？　こんなに、顔がわかるほどに近くに顔を寄せてくる人だっけ？　そういえば、そうだった気もする。でも、今までは、仕事モードだったから。休暇中の今なのに、こういうことをされると、まったくもって、心臓が持たないよ。

なんて、言っていられない。

「社長の服、砂まみれですね」

「砂場とか、初めてだったよ。なんだか、襟元《えりもと》がざらざらしてる」

「ですよね。着替えた方がいいな。アリサは、なんともないの？」

なんともないですという顔をしているが、友也の目はごまかせはしない。

「アリサ、お砂だらけだね？」

「んーんっ」

え、なんのことですか？　私はきれいですよ。風呂に入りたて同然です。そういう顔でこちらを澄まし顔で見てくるけれど、社長が抱っこから降ろしてみると、ざーっと砂が落ちてきた。

「うっわ！」

社長が飛び退《の》く。

なにをされるのか、悟ったのだろう。

「あーう、あーう！」

アリサは玄関先で、柱にしがみついている。

「なんで、そんなに、風呂を、いやがるんだ！」

友也は彼女をひきはがし、風呂場にいるバスタオルを腰に巻いた社長に手渡す。

身体もかっこいい……――！

しっかりと彼の上半身を目に焼き付けようとしている不埒《ふらち》なおのれを抑えて目を伏せ、着替えを準備する。

社長が風呂場のドアに消えてしばらくしてから、ぎゃわーという悲鳴が聞こえてきた。友也は風呂場のドアを軽く叩いた。

「社長、社長、どうしたんですか？　アリサは無事ですか？」

「なんで、シャンプーするだけなのに。目を、つぶっていないんだ？」

「子どもにそんなことを言ったって、無理なんですよ」

「そんなことはないぞ。ぼくは聞き分けた！」

一瞬、納得しかけたが、思い直す。社長だって、最初は赤ん坊だったはずだ。

「覚えていないだけです！　がんばって、社長！　社長なんだから！」

「なに、その、無意味な励まし！　わー、そんなところを蹴《け》らないで！」

いったい、どこを蹴られたというのか。

「とにかく、すすいであげて。アリサだけ、早く出して」

――ひどい目に遭いました……。

アリサは、自分が被害者の顔をして、まだぐすぐすと泣きながら、上がってきた。

「なに、その顔」

ぷふっとふきだす。

戸口を見ると、マルが、おっかなびっくり、こちらを見ていた。「なあに、マルもお風呂に入るかい？」、そう言ってやると、風呂が大嫌いなマルは、慌てて逃げていった。

風呂上がりのアリサをふかふかのバスタオルで拭いてやる。こちらでは、太陽に干しているのだろう。中央都市とは違う匂いがしていた。それを感じ取ったのか、アリサもしきりとバスタオルの匂いをかいでいる。

「はい、ここにあんよ」

「あい！」

「ここにおてて」

「あい！」

返事だけはいいのだが、いっこうに理解している気配はない。しょうがないので、友也が手を出して、誘導してやる。

そうして、苦心して水色のサマードレスを着せてやると、アリサはそれが気に入ったのか、「ほう」という顔をして、こちらを見た。

「とってもかわいいよ」

言葉がどれだけわかっているか、理解できないが、アリサはほこっと笑うと、友也に飛びついてきた。

「あああああ、うれしいけど……。俺はまだ、風呂に入ってないー！　汚れちゃうよー！」

「友也」

お風呂に入っている社長に話しかけられて、「はい？」と返事をする。

「今日、思ったんだけどさ、アリサって、すごくかわいくないか？　あの中で一番かわいかったよね」

厳重に選別された遺伝子の持ち主であるアリサは、郊外の「神様の言うとおり」で生まれた子どもよりも、まつげ長めとか、お肌が白いとか、目がぱっちり二重とか、そういうアドバンテージがある。

だが、社長はこう続けた。

「もしかして、世界一、かわいいかも」

さすがに、それが「親バカ」であることに気がつく。笑いたくなる。社長も人の子なんだな。

「なんで、笑ってるの？　友也も、そう思わない？」

そう言うと、社長が風呂から上がってきた。全裸で。

「あう？」

慌てて手で彼女の目を覆い隠す。

「ちょっと。セクハラです。なんで……なんで、出てくるんですか。そんなに堂々と全裸で！」

思わず目をそらしたのだが、神様に特別に愛されたかのような、見事な身体をしっかり見てしまった。なんという完璧な均整なのだろう。目に眩《まぶ》しいくらいだった。

「服が……ないんだよね……」

「ええ？」

「正確には、いつもの服しかないんだ」

いつもの服と言えば、おしゃれで、高級な布地でできていて、洗濯はできないから、どうしたってクリーニングに出すような、そういう服だ。

「さきほど、思い知ったんだけど、ぼくの服は、アリサと遊ぶには、まったく適していないと思う」

「俺もそう思いますよ。もう、待っててください。子育て郊外向けの服を買ってきますから」

大通りの向かいにある量販店で、Lサイズの服を買いまくった。レジのときに、「お間違いないですか？」と聞かれたので「あ、だんなのなんで」と思わず言ってしまって、「違う、社長、うちの社長のです」と言い直し、周囲をなまぬるい空気で包み込んだ。

「うう」

あの、生けるダイヤモンドの社長に、この服ってどうなの。大量に買ったけど、それでも、中央都市で社長が誂《あつら》えるスーツの一着にも遠く及ばないという事実。

あとでちゃんと社長に言ってこのぶんはもらわないとと、こすいことを思いながら帰ると、風呂に入ってさっぱりしたせいか、アリサは機嫌がいい。しきりと話をしようとしている。

バスタオル一枚だった社長は、ごそごそと友也が買っていった白いシャツに着替えたのち、浮き浮きと報告してきた。

「ねえ、友也。見て見て。すごいんだよ」

そう言いながら、号令のようにアリサに話しかける。

「かわいい、かわいい、アリサちゃんはどこですか」

「あいっ！」

返事をして、手を上げる。

「え、すごい」

「アリサちゃーん」

「あいっ！」

目を輝かせて、彼女は手を上げた。

言葉が、通じている。

「偉いなー！　賢いな、アリサは」

社長が、きゅうっとアリサのことを抱きしめた。アリサはほめられていることがわかるのか、しごくご機嫌だ。

「あいっ！」と胸を張っている。

それにしても、社長、こんな適当に引っつかんできた、白い部屋着なのに、なんなの。なんだか王子様みたいなんだけど。社長のイケメンっぷりと、部屋着をはかりにかけて、脳がバグって、誤動作しているよ。

そんな二人の親子ツーショットが、微笑ましくて、美しくて、その二人ともが友也に見て欲しがっていて、嬉しそうで。めちゃくちゃな多幸感に脳が蕩《とろ》けそうになっている。

あれ？

友也は目をこすった。今まで、社長がイケメンであることは、重々承知していたんだけど、だけど、あれ？　アリサも、めちゃくちゃ、かわいい？　あれ？

「社長、確かにこの子、世界で一番、かわいいです」

「だよねえ？　やっぱり？　そうだよねえ」

そして、ここに一人、新たな親バカが誕生したのであった。

「帰りに、なにか買ってくればよかったですね」

友也は台所をごそごそと探し回って、ようやく郊外のソウルフード、「そうめん」を発見した。

「アリサー、今日は、おそうめんだからねー」

そう言って話しかけると、社長と二人して、「おそうめん、おそうめん」と連呼し始める。

もっとも、アリサは社長のコールに従って、マグを振り回しただけだったけれど。

「マーマ、マーマ！」

しきりとアリサが友也のことを呼ぶ。

「はーい、ここにいますよー！」

言いながら、鍋に湯を沸かす。

「あ、あ。ずるいなあ。ママばっかり。パパは？　アリサ、パパのことも呼んで。ね？」

社長はおとなげなく、自分を指さすと、「パパは？　パパ」と迫っていくのだが、アリサは場の雰囲気を読まずに、「ん？」とマグのストローをちゅぱちゅぱとしゃぶっていた。

「だめかー」

「社長。アリサは今まで、母親とだけ暮らしていたんだから、むりですよ」

「そっかー。パパだぞー。パパ。そのうち、言ってくれるよな」

社長が「パパ」で、俺が「ママ」。アリサは「娘」。

ほんとに、そうだったらよかったのにな。

社長が、自分にずっと愛していると言ってくれて、家族になって、この楽しい生活がいつまでも続くのなら、どんなにか嬉しかったのに。

――一生？　……――あり得ない！

社長の言葉を思い出して、友也はあわてて首を振った。

社長が自分のことを愛してくれるなんて、そんなのは、あり得ないのだ。

いけない。また、夢を見てしまうところだった。見ても、つらいだけの夢をだ。

友也は顔を引き締めた。

「友也。百面相もいいけど、お湯、沸いてない？」

アリサを抱っこして、台所に来た社長にそう言われて、はっと我に返った。

「おかしなママですねー」

「あ！」

アリサがこちらを指さして、社長と顔を見合わせている。

「なにを考えていたんでしょう？　かわいいかわいい、アリサちゃんのことでしょうか？」

「あいっ！」

呼ばれて、アリサが手を上げる。

「それとも、ぼくのことだったりして……？」

「……！」

思わせぶりな一言に、心臓が止まりそうになる。

「ち、違いますよ。これからの行く末をね」

そう言いながらも焦ったせいで、そうめんをざるに上げるときに、盛大にはねさせてしまった。

「あっつ！」

「友也！　大丈夫？」

「大丈夫です」

手の甲に、湯が飛んでいる。

「ごめんなさい。アリサと社長にはかかってないですか？」

「ぼくたちは、平気だよ。友也。ほら、ちゃんと、冷やして」

そう言われて、社長に、手をつかまれた。腕から、流水に当てられる。

この人の手。約束した指切り。最初の握手。節目節目に、この手が自分を導いてくれた気がする。

「うん、よかった。あとにはならないみたい」

そう言って笑った社長の目元は、やけに優しくて、ずるいと思ってしまった。

友也は、風呂に入りながら、早く出てやらないと、社長一人でアリサを見るのは、いくらなんでもたいへんだと、そう思っているのに、今日を振り返り出すと、どうにもこうにも、止めどなくなってくる。


社長に、お子さんがいるのを知った。

会社を、辞めようと、初めて思った。

社長が、自分を追ってきた。

社長を追い返そう、冷たくしようと思っていたのに、アリサがいると、どうにも調子が狂ってしまう。

パパとママと言われた。

アリサのかわいいところを見た。


「あー、なんか、あまりにも、いっぱい詰まりすぎ？」

こんなに濃ゆい一日は、二度とないんじゃないだろうか。あれだ。買った家電が、買ったときはばらばらでも、壊れるときにはいっしょみたいなやつ？

「違うか……」

てんこ盛り過ぎて、目の前がかすんできそう。かすんで……。

「友也！」

肩を揺すられて、目をあけた。

「はうあ？」

目をあけると、そこには社長のどアップがあった。

腕にはアリサを抱えている。

「あ、社長？」

まだ、思考が追いつかない。ぼうっと、彼を見る。風呂の明かりの中で、天使にかかっているかような、光の輪っかが、彼の髪にかかっている。我が家のやっすいシャンプーとリンスなのに、社長にかかると神々しい。

「友也、友也、しっかりして！」

そう言いながら、社長は、友也の頰をごく軽く叩いた。

「あ……？」

そこでようやく、友也は自分が風呂の中であれば当然のかっこう。つまりは、素っ裸であることに思い至って、短い悲鳴を上げる。慌てて、風呂に潜ろうとするのだが、そこを社長に引っ張り上げられて、脇の下に手を入れられてしまった。

胸の前を両手で隠す。こんな、貧弱な身体、見られたくない！

「友也、疲れていたんだね。風呂からなかなか出てこないから、心配して見に来たんだよ。風呂で溺れる人がいるって、あれって冗談じゃなかったんだね」

そう言って、社長は、友也の頰に手を当てた。

「友也、気をつけて。出てくるまで、ぼく、ここで見張ってようかな」

「やめて。やめてください。大丈夫ですから。俺、もう、目がばっちり覚めましたから」

それは、真実だった。社長と、そしてアリサにオールヌードを見られた衝撃のあまり、ほわほわした眠気は、しっかりと霧散してしまった。

「こんな、貧相な身体を見られてしまうなんて」

「いいと思うけどなあ。ぼくは好き」

社長はそう言って、そっとこの肩にふれた。

それは、今まで一度も社長から、感じたことのないもので。なんとなれば、こう、「いたわる」といったものに近かった。

こちらを気遣う気持ち。心配している心の動き。そういったものが、一気に流れ込んできたのだった。

社長も、何かを感じたものらしい。「あれ？」というような目でこちらを見ている。

社長が風呂場から出て行ったあと、友也はようやく息をつくことができた。

好きって、言った。社長が、俺の身体を好きって。

ざばあっと顔に湯をかけて、身悶《みもだ》える。足をばたつかせる。わかっている。それは、さりげない、「好き」。

ダイヤモンドの蝶々が石ころにかける「好き」。気まぐれな気持ちだ。

惑わされない、そんなものには。

お風呂の中で足をバタバタさせ続けた友也は、またしても社長に、「早くお風呂から出ないと、栓を抜くよ」と脅されることになったのだった。


卓を片付けた居間に、布団を二つ、並べている。アリサは友也と同じ布団に寝ているのだが、ほぼ、境界線上に位置していて、そこでバスタオルをかけて眠っている。いわゆる「川の字」だ。

「ほんと、社長の言うとおりですね」

「なにが？」

「アリサ、こうして眠っていると、天使ですよ」

「うん」

社長は、ちゅっと音を立ててその頬にキスをする。

「ここは、おもしろいところだね」

「俺には、あたりまえのところですけどね」

「ごちゃごちゃで、統制が取れてなくて道もまっすぐじゃなくて、赤ん坊も成人も、同じ町に住んでいる。中央都市はかっちりしているけれど、ここは違う。にじんで、混じり合って、見たことがない景色を見せてくれる」

混じり合っている。

「マルみたいに？」

「そう、マルみたいに」

当のマルは、同じ部屋で、布団の足下で丸くなっていた。たまに、尻尾《しっぽ》がふらふらとなびいている。狸《たぬき》寝入りなのかもしれない。

疲労と、妙な充実感。

「こうやって寝るんだね」

「ベビーシッターもナニーアンドロイドもいないですからね。夜に目が覚めたときに、すぐに対処できますからね」

「公園にいたおかあさんたちも、こうしているんだろうか。たいへんだな。昼に子どもの面倒を見るだけでも、疲れ果てるのに、二十四時間。こうして、面倒を見るなんて」

「ほんとですよね」

口を半分あけて、よく眠っているアリサの髪をそっと撫でながら、社長は口元を緩めている。

あれ、この人って。こんな顔、したっけ？

こんな、うっとりするほどに慈《いつく》しみに富んだ顔を、したことがあったっけ？

「ふふっ」

「社長、楽しそうですね」

「そうだねえ。けっこう、楽しいかも。中央都市の楽しさとは違うけどね」

「サバイバルかキャンプ気分なんでしょう」

「うーん。否定はしないよ。だけど、なんだろ。こういうところで食べるものってなんでもおいしいよね」

やっぱり、キャンプ気分なんですね。

「子どもって、かわいいもんなんだなあ。めんどうでたいへんだけど」

「めんどうで、たいへんだから、かわいく思えてくるのかもしれないですね」

「そんなことって、ある？」

「心理学的にも、あるらしいですよ。かわいいから、世話したくなるんじゃないんです。世話するほどに、かまうほどに、愛《いと》しくなるんです」

そういえば。

「マルがかわいくなったのも、お世話したときからですから」

うん、そうだった。友也は続けた。

「めんどうで、たいへんの向こうにきっと、なにかあるんです。夫婦や長くつきあう恋人たちだって、仲がいいから、互いになにかをしてあげるのじゃなくて、なにかしてあげるから楽しくて、相手のことをどんどん好きになるのかも」

「ふーん」

そう言いながら、社長が、じっとこちらを見つめてきた。そして、俺は、思い出していた。

今まで俺が世話したもの、時間と手間をかけてきたもの、そのナンバーワンは、この、目の前の男であることに。

やばい。

社長は決して愚かではない。他者の気持ちに鈍感なのでもない。ただ単に、どうでもいいと心から思っているだけだ。

「そうかー。そうなのかも」

あれ？　予想外の反応。

「結婚なんて、するもんじゃないって思っていたけど、それはそれで、意味があるものなのかな……」

「社長、熱でもあるんですか？」

「ないよ。たしかめてみる？」

そう言って、社長は友也の手を取ると、自分の額に当てた。

熱が、熱が上がる。自分の中にある感情が、膨れあがってしまう。

それなのに、手をどけることもせず、逆にほんのちょっとだけ、動かして、彼の額の感触を味わってしまったりしているのだ。

理性と感情のはざまで、おかしくなりそうになる。社長が、とうとう、手を離した。もう終わりになってしまったのかと、残念に思っていると、社長は言った。

「友也はこっちに恋人がいるの？」

即答した。

「いないですよ」

「たっちゃんとかいう男は？」

たっちゃんに恋？　それこそ、「あり得ない」。

「男ですよ？」

「それは、答えにはなっていないよね」

ため息みたいに掠《かす》れた声を出して、社長はそう言った。

「同性で結婚している人は、たくさんいるだろ。可能性としては、ありだろう」

「だから、違います。俺には、いないです」

この人が、友也のことを聞いてきた。興味ないのかと思っていた。

「そっか」

そう言って、社長は微笑んで、今度は、友也の頬にふれてきた。指先がかすめる。

さわった。笑った。この人から。自分に。レアすぎ！

かーんと世界からハレルヤの音楽が聞こえてくる。これだけで、この人は、自分を天国にいざなうことができるんだ。

Ｓクラスとクラス、中央都市と郊外、それだけではかることのできない、多大な、どこまでもぱっかりした溝が、自分たちの間にはある。この、指先ひとつ、微笑みひとつで、自分を天国に送り込めるこの人なのに、なんと、この人は、自分のことをスケジュールマシーン、便利道具ぐらいにしか思っていないんだ。

なんたる不公平！

それにしても、「そっか」ってなに？　どういう意味で言ったの？　足をジタバタさせたい。聞きたいのに聞けない。

「ふう」

社長が、友也の頰から指を離した。ごろんと、仰向《あおむ》けになって、目を閉じている。ああ、もう寝たのかと、彼の顔を見つめていると、その口元が動いた。

「ぼくを、育ててくれたのは、ナニーアンドロイドだったんだ」

もしかして、寝言なんだろうか。そう思ったのだが、社長は目を開いた。視線が合ってしまった。

「あ、はい」

ナニーアンドロイドは、子どもの子守をしてくれるアンドロイドだ。フォースクエアのドル箱でもある。ふっくらとした、いかにも母性を感じさせる地味めなたたずまい、特殊シリコンでできている皮膚は、自在に表情を作り出す。

彼女は二十四時間戦える。

赤子が泣いたらあやしてくれ、人肌の温度のミルクを与え、おむつを換え、歌を聴かせる。

中央都市育ちの大多数が、人生のどこかの時点で、このナニーアンドロイドにお世話になる。

「あの頃の、アンドロイドは、今みたいに優しげじゃない。ほんとに、肌の温度も冷たくて、ふれると、悲しくなったんだ。寂しくて寒い」

そんな話は、初めて聞いた。

「どうして、今、それを聞かせてくれる気になったんですか」

「そうだねえ。どうしてだろう」

そう言いながら、社長はじょじょに眠りに引き込まれていくように見えた。

「きっと、あれだな。アリサや友也とこうして過ごしているうちに、小さいときの自分が『こんにちは』ってやってきたんだ。ぼくにも、小さいときがあったことを」

ばかだなあと、社長が言った。生まれついて頭脳スコアがいいこの人が、自分のことをこんなふうに言うなんて。

「どうして、アンドロイドの会社を作ろうと思ったのか、思い出したんだよ。もっと、あったかくて、精巧なアンドロイドがいたら、寂しくないかと思ったんだ。そして、寝ているときに隣にだれかいたら、寒くないかと思って恋人を作った。でも、そんなことはなかったんだ」

だから、あんなにとっかえ、ひっかえ、恋人を作っているのか？　そして、みんな、社長のお眼鏡にはかなわなかった？

友也の中で混乱が始まる。

それは、郊外出身の友也にとっては、「ひどいこと」だ。だけど、中央都市出身でＳクラスの社長にとっては……？

それを理解できるとは、とても言えない。だが、彼が、必死に崖《がけ》に爪を立てるようにしていたことだけは、友也の胸に響いてくるのだった。

「子どもって、めんどうくさいとばかり思っていた。もし、万が一、自分に子どもができたとしても、育てるなんて考えてもいなかったし、そういうプログラムも受けていない。中央都市の人口調整局のハウスに預けるか、アンドロイドをつけるか。そうしようと思っていた。自分の手で、子どもをあやしたり、世話したりするなんて、予想もしていなかったよ。友也がいなかったら、途方に暮れていただろうな。今日は、助けてくれて、ありがとう」

友也は、微笑む。

「どういたしまして」

なんだろう。今までの「ありがとう」とは違う気がする。

「してもらったら、謝礼じゃなくて感謝が郊外流なんだろう？」

友也は感心する。

「社長の適応力を舐めてましたね」

「今日、がんばった？　偉い？」

「ええ、がんばっていましたよ。予想以上でした」

そう言うと、社長は、満足そうに笑った。

「ぼくの何世代か前の先祖も、こうして、川の字になって親子で眠ったりしたんだろうか。そのときの記憶が刻まれているんだろうか。いま、ぼく、すごく、なんだか……懐かしい気がするんだ」

社長が、友也のほうを見た。

「おとうさんとおかあさんと、子ども。家族」

真っ正面から、こんなにきれいな目をして。そんなことを言う。

「おやすみ」

こちらの気持ちを知らずに、眠りに落ちてしまう。

とても親しくなったような、そんな錯覚を起こしてしまうではないか。社長のことだから、明日になったらそんなことをすべて忘れてしまっているのに違いないというのに。

まっっったく、この人は！

そして、ほんとは、あきらめてなんてないことを知ってしまう。頑迷な、Ｇクラスなんだ、自分は。

この、社長へのめんどくさい、どうでもいい、実りない気持ちをあっさり、すっぱり消してしまえれば、こんなにぐだぐだしてなくてもすむのに。なんで、この気持ちを消してしまえないいんだろう。後生大事に抱え込んでいるんだろう。

悶々《もんもん》としつつ、隣を見る。

アリサと社長、寝顔が似ている。たしかに二人は、親子なんだなあ。

エアコンの音。子どもの身体の感触、それから、社長の寝息。

夜中に目が覚めると、アリサがすり寄ってくる。あっちい。

「社長が俺の家にいるんだよな」

ついこのあいだの、中央都市での豪華なパーティーを思い出す。船窓の向こうを、古代の水棲生物たちが光の軌跡をまといながら、ゆっくりと泳いでいった。あの、この世ならざる美しさに、社長の横顔が映えていた。

それが、こんなところで、寝間着代わりの白いシャツを着て、布団で眠っている。

きらきらしたこの人が。

レアだ。レア中のレア。勝手に胸が高鳴って、とても、寝てなんていられない。ずっと録画し続けていたいくらい。

頬杖《ほおづえ》を突いて、その寝顔に見入ってしまう。

「ああ、……したいな」

友也は、そうつぶやく。

なんて、大胆な。でも、したい。したくて、たまらない。

だって、二度とない機会かも。

友也は、自分の布団から抜け出すと、そっと社長のところに行く。そして、そこで彼の髪に顔を近づけると、息を吸い込んだ。彼の髪からは、自分と同じシャンプーの匂いがしていた。けれど、その向こうには、隣にいるときにいつもこの人の匂いだと感じていた、社長の身体から立ち上る香りが漂っていた。

「はー……」

気が済んだ友也は自分の布団に戻ろうとした。そこで、腕をぐっとつかまれた。引っ張られたかと思うと、次の瞬間には、社長に抱き込まれていた。

「うん……？」

社長は、もう出ることがかなわないほどに、友也の身体を羽交《はが》い締めにしている。いったい、どこのだれと間違えているんだろう。

ふりほどきたいけれど、そうしたら、きっと社長は目が覚めて、自分を離してしまうから。どきどきしつつ、身を縮こませて、決して動かないようにしていた。

あっついな。もう、夏が近いもんな。

すぐ目の前にある社長の、端正そのものの顔を見ながら、友也は、この人間離れしてきれいな人が、寂しくも寒くもないといいと、心から願った。

■06　郊外（二日目）

こんな状況で寝られるもんかと、そう思ったはずなのに、昼間の騒ぎで疲れていたのは自分も二人と同様らしく、ゆえにしっかりと寝入ってしまった。

朝、目が覚めたときに、自分はまだ社長にしっかりと抱きしめられていて、顔の近さにびっくりする。

社長はぐっすり眠っている。

起こさないように、動きだそうとするのだが、腕はなかなかとけそうにない。

社長がごそごそ動き始めている。やばい。この状況を知られたくない。

「まだ寝ててください」

「んー？」

社長は、薄く目をあけると、気だるい笑みを向けてくれた。眼福とは、このことだ。

「友也《ともや》……」

そう言って、抱きしめてくる。

俺のこと、認識してる？

朝一番に、挨拶をされたのが自分で、しかも、笑いかけてくる。

友也がいてよかったという、とびきりの笑顔。

枕に顔を押しつけて、自らの声を殺す。こっちに来てから、社長の笑顔がインフレ過ぎる。

なんとか気持ちを落ち着かせると、友也は社長の腕を抜けて起き出す。寝ぼけた社長が何度か虚《むな》しく友也を探していたので、ちょうど布団からはみ出て臍《へそ》を出していたアリサを、その腕の中に入れておいた。社長はアリサを抱きしめると「ん？　これじゃないぞ」と言いたげなほんの少しいぶかしげな顔になったが、眠気には勝てなかったらしく、そのまま、また、寝入ってしまった。

自分の寝起きの良さに、乾杯！

友也は台所をていねいに漁《あさ》る。

アリサには社長が持ち込んできた、中央都市の離乳食があるからいいとして、自分たちはどうすればいいんだ。

ここは中央都市じゃない。郊外だ。

郊外の自分の家で休日の朝になにもない。そういうときには、自分はなにを食べていた？

思い出せ、思い出すんだ、浅野《あさの》友也。

でればいいのか。

できあがったよきタイミングでやってきた現金さをなじればいいのか、この神々しさを愛《め》でればいいのか。

ご降臨なされた。

ぼうっとした顔で、白いスウェット姿の天使様が手に幼い女王を抱いて、我が家の台所にご降臨なされた。

「あー、いい匂《にお》い」

自分の中の社長愛という名の暴れ馬が、いななき、ひづめで蹴《け》り立てている。

ご降臨された天使様は、アンニュイに、肩を回された。

「なんだか、肩が凝ってるんだよねー。今朝、気がついたら、アリサに腕枕をしていたんだけど、そのせいなのかな。アリサ、案外、頭が重いんだなあ」

「きっと、そうですよ。……いいですか、なにもないので、貧乏メシですよ」

「もしかして……ぼくのぶんは、ないの？」

社長は、その麗《うるわ》しい顔を悲しげに歪《ゆが》めてそう言った。そのさまは、まるで世の罪を悲しんでいる聖人のようで、いくらなんでも、今日の朝ごはんがないことを愁《うれ》いているようには見えない。

昨日、コロッケをあげないと最初、彼に言ったことが、もしかして、響いているんだろうか。

「そんな意地悪はしないですけど、お口に合わなかったら、結果的にそうなるかもしれないですね」

なにもなかったときの浅野家の朝ごはん。それは、しょうゆ炒めご飯。

それでは、ここで、作り方です。

冷凍のご飯を取り出し、電子レンジにかけます。その間にフライパンにサラダ油を熱しておきます。そこに先ほど温めておいたご飯を入れて、炒めたのち、塩、コショウ、風味付けのためにしょうゆを垂らし、熱いうちにいただきます。

居間の卓にて、いただきまーす！

社長が言った。

「あ、嘘。これ、おいしい」

「そうですか？　隠し味のニンニクチューブと砂糖ひとつまみが効いてるかな」

社長が、食べるかたわら、アリサに離乳食をやっている。目の前に置いておくと、ていっとはたいてしまう可能性が大なので、用心深く、離れたところに本体を置き、ひとさじひとさじ、与えている。

アリサは、口をあけた。社長が、彼女の離乳食をビンからひとさじすくったのだが、アリサはそれがお気に召さないようだった。立ち上がり、食卓を叩き、厳然と抗議している。

「うーう！（そうじゃない！）」

社長が、呆気《あっけ》にとられている。

「知らなかった……。言葉が出なくても、こんなに伝わるものなんだ」

「えーと、もしかして、こっち?」

中央都市のベビーフードは、高級食材を使っているし、味も薄味ながら、だしの味を利かせていて、おいしいはずだ。なのに、彼女はそっちじゃない。おまえらが喰《く》っているうまそうなものを私によこせとおっしゃっているのだった。そうは言っても。

これは、ほんとにあり合わせの朝ごはんで、きのうからジャガイモ、そうめん、ご飯と続いているメニューが申し訳なくて、こんなものを中央都市のダイヤモンドに喰わせている自分がもしお役人に発見されたら、そのときにはめちゃくちゃ怒られるのではないかと心配になるくらいだった。

きっと、あの社長のシンパたる秋山《あきやま》あたりだったら、「そんなめしを喰わせるくらいなら、いっそなにも喰わせるんじゃない」とでも、言いそうだ。

「ちょっと待ってね」

アリサ用に、柔らかくしてやる。いいのか? これで、いいのか?

大受けだった。

差し出すさじが間に合わないほどに、アリサはしょうゆ炒めご飯を食べ続けた。友也のぶんが、なくなるほどだった。いったい、この、小さい身体《からだ》のどこに、この朝食が入ってしまったんだろう。そう、友也がいぶかしく思うほどの食べっぷりだった。

「ぼくのぶんをわけてあげる」

あの社長が、そう言うと、惜しみつつ、しょうゆ炒めご飯を分けてくれた。

しょうゆ炒めご飯が貴重な、郊外住宅の朝。

「ありがとうございます」

「これ、どうする？」

「あ？」

社長の手の中にあったのは、アリサ専用のベビーフードだった。

「まあ、捨てるしかないよね？」

「だめです。もったいない」

「え、食べるの？」

「社長と半分こです！」

ベビーフードが高級品だって、おいしいって言ったのは、どこのどいつだ。俺だ。

断言する。ベビーフードは、それだけの味だ。

上品な薄味。だしの味が利いている。そういえば、聞こえはいいけれど、ようはなんだ。物足りない。おとなには、絶対的に。

「まあ、毒じゃないから」

社長の言葉は、まったくもって、なんの慰めにもなっていない。

「そうですね……」

『三十種類の野菜入り、鶏そぼろがゆ』とラベルに書いてあるこのベビーフードは、栄養は豊かかもしれないけれど、味気ないし、歯ごたえがない。それをもそもそと食しながら、昼には、ちゃんとしたものを食べるんだと心に誓った友也なのであった。

そのためには、買い物をしなくては。


今日も、天気がいい。二階のベランダで洗濯物を干していると、お日様にさらされた洗濯物が、ありがとう、ありがとうと感謝の言葉を発してくれている気がする。

アリサをつれた社長が、見に来ていた。

「洗濯物を乾燥機にかけないの？」

「うちには、乾燥機がないんです」

「ええっ？」

いや、そこまで驚くことじゃないと思うけど。

「お日様の光にあててると、気持ちいいんですよ」

「ふーん、生活の知恵なんだねえ」

え、なに、その感心の仕方。もしかして、原始人の知恵とか、キャンプのときの対処とかと同等と思われてる？

ベランダには、クーラーボックスがあった。義兄《あに》の趣味の釣り用だ。アリサが興味津々《しんしん》で、よじ登ろうとしている。社長は、じっと見ていたが、その物入れを窓の方に寄せた。

「いくらなんでも、まだ上れないでしょう？」

布巾をぱんぱんとまっすぐにしながら、そう言うと、社長がまじめな顔をして、言った。

「友也。忘れたの？　アリサは、昨日できなかったことが、今日はできるようになっているんだよ？　いや、それどころじゃない、五分前には想像もできなかったことを、やってのけるんだ」

そう、それが子ども。カオスの女王。

それにしても、社長が頼もしい。昨日、アリサに泣かれてなんとかしてと泣きついてきた人と、同一人物だなんて信じられない。

子どもだけじゃない。

社長もまた、短い時間にずいぶんと成長した。

「なに？」

視線に気がついたらしく、社長がこちらを見てきた。

「見とれちゃった？」

からかっているのだと、わかっているのに、まったくそういうところが！

あまりに力を入れたので、生地が薄くなっていた布巾が真っ二つに破れてしまった。

「くっ」

「……あれ？」

外を見せろとごねるアリサを抱えた社長は、目を細めた。何の変哲もない、低層住宅地だ。

「どうしました？」

「なにか……音が聞こえる。あれは、何の音？　野外演奏会？」

なに、とんちんかんなことを言っているのかと思いながらも、友也は耳を澄ませた。そして、社長の言っていることを理解した。青空に、聞こえてくるのは……――。太鼓にお囃子《はやし》だ。

「裏山の上にある神社からです。もうすぐ、お祭りがあるんですよ」

「お祭り……？」

社長が首をかしげる。なんと、アリサがまねして、首をかしげた。

震えるほどに愛らしい。許されるなら、写真を撮りまくりたいくらいだ。

「なんか、どんどん似てきますね。二人は」

「う？」

「え？」

社長とアリサは、絶妙な、いいタイミングで、互いの顔を見合わせた。

おおお、かわいい！

「たぶん、お祭りの予行練習をしていると思うんです。見に行ってみますか？」

「うん！」

「あい！」

アリサも手をあげる。

ああ、社長にとってはここは、ワンダーランド。キャンプ生活。サバイバル。

あれは原始の太鼓ぐらいの、物珍しさなのかな？


今日は、社長は量販店で買い求めたTシャツにパンツにキャップ、そして、サンダルというスタイルだ。背中にはマザーズバッグ、腕には、こればかりは中央都市仕様のリストバンド型携帯端末。このタイプの携帯端末は、中央都市でもっともポピュラーなもので、空間ディスプレイやキーボードを出現させることができる。

こういう人、海外リゾートの映像で見たことがある。

もっとも、マザーズバッグは背負っていなかったと思うけど。

自分はスニーカーにチノパン、そして半袖シャツ、アリサは麦藁《むぎわら》帽子に麻のワンピース。

彼女をベビーバギーに乗せて、近所の神社まで出発だ。

アリサは、もう、かなり歩けるくせに、なんだったら階段を上ることだってできるくせに、私は歩けない、いたいけな幼児でございますという顔をしてちゃっかりとベビーバギーに収まっている。

正面の石段を避けて、脇のほうから、細く取られた坂道の参道を、ベビーバギーで上っていた。友也が押そうとしたのだが、社長がさりげなく押してくれた。そういうことをしてくれる人だっけ、ここに来て、なんだか社長の違う面を見た思いがして、ときどき戸惑ってしまう。だが、それは、決して、いやなものではない。ただ、ひとつだけ言わせてもらえば、ここに帰ってきた当初は、あんなにも明確だった辞めてやるという意思がぐらつきだして困ってしまう。

社長が、気がついたように言った。

「ねえ、もしかして、アリサ、なにか歌ってない?」

アリサの歌は、ふんふんふんという、でたらめなもので、おそらくは音楽的な才能とは、一切の関係がないだろうけれど、それゆえに、その心からの言葉代わりの歌は、彼女が、大好きなパパとママと、この晴れた日に、どこかいいところにお散歩に行くのだという期待感と、新しいものを見る嬉《うれ》しさに満ち満ちている。

この子が、社長の子どもで、彼の遺伝子を受け継いでいる。

社長は自分に小さいときがなかったと言い張るけれど、きっと、こんな子どもだったんじゃないだろうか。

彼のおかあさんとかが実質はいなくて、彼のことを話してくれないのが、悔やまれる。社長のことを、もっと知りたいなあと友也は思ってしまう。

ああ、だめだめ。死んだ母がよく言っていたじゃないか。贅沢《ぜいたく》にはすぐに慣れるって。慣れちゃだめ。この人を独り占めして、同じものを食べて、アリサを連れていって、パパとママなんて呼ばれて、そういう幸せに慣れちゃだめ。

辞めようと思っているのに。それなのに。

ああ、この幸せを満喫してしまったら、この人なしの今後に、自分は耐えられるのだろうか。きらきらしたダイヤモンドの輝きをこの手中に収めて、つくづくと見つめているのに、再び取り上げられてしまったら、戻ることが可能なんだろうか。

と、理性は訴えているのに。

暴れ馬みたいに、制御できない感情は、もう二度とない機会なんだから、思い切ってみたら？　なんて、また望みのない方向を自分に指し示すのだ。思い切るってなんだ？　告白してみるとかか？

彼のマザーズバッグを背負った背中を見ながらシミュレーションしてみる。

——ここからは、妄想です。

「好きです」

「あ、そうなんだ。ぼくもだよ。友也のことは、秘書として貴重だと思っている。これからもよろしくね」

——あえなく、妄想終了。

あ、だめだ。自分の想像力が限界に達してしまった。

——もう一度、挑戦してみよう！

「好きです。あなたに、恋してるんです」

「うん、いいんじゃないの。ぼくに、恋をする人は少なからずいるからね。かまわないよ。慣れてるから。でも、ぼくからなにか返ってくるとか、期待されるのは困るなあ」

——だめじゃん、終了しちゃったじゃん！　ありそう。実際に、ほんとに、ありそう。こういう人だよね。この人は。

「なに、友也。どうしたの？」

社長が、坂道でベビーバギーを止めて、後ろを振り返った。ベビーバギーの中から、アリサもこちらを振り返っている。

「なんでもないですよ」

「んぷ」

そうか、ならば、さあ押せと、我らの女王たるアリサ様がそうおっしゃったので、社長は苦笑しながら、ベビーバギーをまた押した。

「もう、すごいよね、アリサは。あのね、アリサちゃん、きみはまったくわかっていないかもしれないけど、これでもぼく、中央都市ではなかなかのものなんだよ。それなのに、きみにかかったら、かたなしだ。きみの命令には逆らえないよ」

アリサはわかったのかわかっていないのか、「ん」と一言発して、よりいっそう、ベビーバギーを押すことを強要された。そのときに、社長のリストバンドが震えた。

「あ、近松《ちかまつ》ファクトリーからだ」

近松ファクトリーは、アンドロイドを乗せた太陽系外航宙船システムを組む上で、たいへんにお世話になっている会社だった。小さいけれど、堅実な会社だ。社長は、こちらを振り向いて、「ちょっと、出てもいいかな」と言った。

「いいですよ、どうぞ」

わざわざ社長に知らせてくるということは、彼の決断を仰がねばならない何かが起こったということだ。出るに越したことはない。

「ん?」

アリサが、不服そうに、ベビーバギーから振り返っている。早く押せ、下僕らめ、なにをしておるのだと女王様はおっしゃっておられるのだ。

「はい、はい。仰《おお》せのままに」

ふざけたようにそう言って、友也はベビーバギーを押し始めた。今は花の時期ではないので、つやつやした葉ばかりの、椿《つばき》の木が並んでいる道を上がっていく。

「ねえ、アリサ。ここ、真冬に来るとすごいんだよ。下は白椿、上は紅椿が花盛りでね。アリサにも、見せてあげたいなあ」

わかったのか、わからないのか、アリサは神妙に聞いている。

ゆるやかにくねった先を曲がると、太鼓やお囃子の音が大きくなってきた。

アリサにも、わかるらしい。しきりと友也に、なにか聞こえてきますぜと伝えてくる。

「あ？　あえ？」

「あれは、お囃子だよ。お祭りのときには、演奏するからね。その練習。このあたりの人は、お祭りを楽しみにしているからね」

小さいときには、ぼくも行ったなあ。

なんで、あんなに楽しみだったんだろう。おとうさんとおかあさんと。もうちょっと大きくなったら、近所の子どもたちと。たっちゃんとは、よく行ったなあ。

中学になると、行かなくなって、お祭りなんて、子どもっぽいって気持ちになった。高校ぐらいになると、今度は、好きな子を誘って行ったりしていたみたいだ。

まあ、そういうのは、ぼくにはなかったんだけどね。

思えば、ほかの男の子たちのように、好きな女の子に胸をときめかせたり、ぼうっとしたり、そんなことが自分にあっただろうか。いいや、ない。

友也は、おのれはそういう俗っぽいところから脱していると信じていた。

——まるっきり、勘違いだったんだけどね。

実際は、単にリビドーをため込んでいただけで、社長と出会ってから、それを一気に解放させてしまった。

なんで、恋とかするんだろう。

中央都市の人たちの言うとおり、恋愛なんて経なくても子どもは持てるんだから。それとこれとは別なんだよね。

こんなもの、いらないのに。

いらないはずなのに。

なのに、これが、ひどく大切なんだ。

恋が病なら、自分は重病人だ。ほんとに病だったら、病院に入院してもいいくらいなのになあ。それなのに、この理不尽《りふじん》そのものの気持ちを、とってもとってもだいじにしているんだ。

境内《けいだい》にたどり着いた。奥では、神楽《かぐら》の舞台が組まれ、祭りの練習をしている。

さらに進んでいくと、樹齢百年は超えているであろう、大ケヤキが、アリサと友也を出迎えた。

「あえ？」

「あれはねえ、木だよ、アリサ。ケヤキっていうの。上に広がっているのは、空。そこらにあるのは、石」

教えつつ、ベビーバギーを押していると、あ、俺、「ママしてるなー」って思う。昨日のような違和感はない。散歩をしている人に見られるけれど、気にならない。自分の順応性が恐ろしい。

石畳にベビーカーの車輪が引っかかった。

「ん？」

車輪がちょうど隙間に挟まってしまったようで、うまく脱出できない。かがみ込んだところで、ベビーバギーをふわりと持ち上げられた。

「あ、社長。ありがとうございます」

なんの疑問もなく、光太朗《こうたろう》が追いついてきたのだと思って、そう礼を言ったのだが、そこにいたのは、光太朗ではなかった。

「たっちゃん……」

青年会の集まりがあったのだろう。町名の入ったTシャツに、半パン姿で、首にはタオルを巻いている。

「大丈夫か？」

「ありがとう。助かったよ。今日は、仕事は休み？」

「いや、違うんだけど、祭りの準備があるから、抜けさせてもらったんだ。大太鼓の練習をしていたんだけど、あそこから見たら、難儀しているみたいだったからさ。すぐ戻るよ。あ、ここだと、太陽が眩《まぶ》しいだろ。そこの木陰が涼しいから。俺、麦茶もらってくる」

たっちゃんはまめだなあと、感心する。たっちゃんは、祖父の代からの大工さんだ。腕がいいので有名で、近所では何かあったら細かいところまで頼んでいる。

うちにあるベビー柵《さく》も、たっちゃんのうちのお父さんに頼んで、作ってもらったものだ。だから、うちの玄関や階段に、ぴったりの大きさになっている。

麦茶をもらいながら、木陰のベンチに座って話す。

「たっちゃんは、もう立派な大工さんだよね」

「ああ、まあ、自分ではそう思っているんだけど、オヤジやジジイに言わせると、まだまだらしい」

「はは、たっちゃんちのおじさんたちらしいや」

きちんと、積み重ねて、おとなになっているのだ。望みのない感情に振り回されている自分とは大違いだ。

アリサを膝にのせて、もらった麦茶を片手に、そんなことを思っていたら、たっちゃんが心配そうに話しかけてきた。

「なんか、あったんだろ？　おまえの姉ちゃん、なかなか帰ってこないって言ってたのに、いきなりなんてさ」

「うーん、あったような、ないような……？」

「友也は街に行って、きれいになったよな」

友也は思ってもいない言葉に驚く。

「えー、今日のかっこうは、まったく普通だと思うけどなあ」

そう言って、友也は自分の姿を見た。今日の友也は、着古したシャツにチノパンだ。とてもではないが、街から来た洒落者《しゃれもの》とはいえない。

「そんなことねえよ。おまえの顔を真っ正面から見たのは、久しぶりだったけどさ、おまえ、すっげえきれいになったよ。磨かれたっていうか、やっぱり、街帰りは違うって思ったんだよな」

「ははは、たっちゃんはおおげさだなあ」

友也は、くすぐったさを感じると同時に、あきれてもしまった。たっちゃんは昔から、オーバーなのだ。

「昔は、分厚い眼鏡《めがね》をかけていたからね。街ってファッション以外で眼鏡をかける人がいないんだよ。俺みたいな分厚い眼鏡をかけている人間はいないんで、目立ってしょうがないんで、生体コンタクトにしたんだ。自分の目の表面で、レンズが焦点を結んでくれるの。便利だよ。それから、髪型はうちの社長の見立てだよ。自分が行っている美容院を紹介してくれたんだ」

「あいつ、家でも自分のこと、社長って呼ばせてるのか?」

「え、なんのこと?」

「だって、おまえら、ふ、夫婦なんだろ。それなのに、そんな、偉そうによー。今は、男同士だって結婚できる世の中だし、きっと、街なら、子どもだってできるんだろうけど。奥さんとだんなさんは、その、平等じゃなくちゃ。だろ？」

いけない。誤解が生じたままだった。じわっと汗が噴き出してきて、なにから言えばいいのか、悩みまくる。

「言っておくけど、アリサは、俺が産んだわけじゃないからね？」

自分の名前を呼ばれたアリサは、素早く片手をあげて、「あいっ！」と返事をした。「いいこ、いいこ」とそのくしゃりとした頭を撫《な》でてやる。

「そ、そうなんだ？」

たっちゃんは、明らかにほっとした顔をした。

なんでだ。どうしてだ。

みんなして、街に夢を見すぎ。そんな、なんでもできるスーパーシティーってわけじゃないんだから。

そりゃあ、郊外に比べれば、道はまっすぐだし、上下水道ガス電気ネット回線はすべてユニットで組まれていて届かないところはないし、アンドロイドを操るための太い回線が、どこでも入る。街を走っているトラムやタクシーはほとんどが無人だし、車だって、乗って、行く先を告げれば、勝手につく。

列挙していて、かなり差異があることは認めざるを得ない。

「第一、社長は、単に雇い主だからね。この子が、俺になついてくれたから、こっちについて来ちゃっただけなんだよ。いわば、業務の延長みたいなもんなんだよー」

「そうなんだな。そっか。そうだよね」

たっちゃんは納得している。

友也は、自分が言ったことにうちのめされている。

いや、その通りじゃないか。社長にとって、自分は言わば、便利道具。昔、郊外で見たことがあるアニメの、なんでもしてくれるロボットみたいなもので。ようは、彼の会社で働いているアンドロイドの一体程度の認識。

そう考えをまとめてしまうと、ずきずきずきずき、身体の奥が痛みだす。なんだ、これは。なんでこんなに痛まないといけないいんだ。

たっちゃんは、そんな友也にまったく頓着《とんちゃく》することはない。

「なら、あいつの嫁になったんじゃないの？」

「違うよー。向こうはSクラスだよ。そんなわけないじゃん」

言って、またまた、つらくなる。目の前を昨日からの社長の姿がちらちらとかすめるから、よけいにつらい。

同じテーブルでコロッケ食べたり、アリサを追いかけたり、寝てるときに抱きしめてくれたり。アリサをお風呂に入れて、おそうめんを食べて。アリサが階段を上がったのを驚いたり、彼女の可愛さをお互いに確認しあったり、なんだか、対等になれた気がしたんだ。

そんなわけ、ないのに。

「そっかー。そうだよな。相手がSクラスじゃな。いやー、俺、Sクラスって初めて見たわ。ほんとにいるんだな。ミスター・パーフェクト。いやあ、そっかー」

たっちゃんが、納得して笑っている。無邪気なその顔が、はっ倒したいくらいに、憎たらしいと思った。

「うん……」

ぐっと奥歯を噛《か》みしめて、アリサを抱きしめて目を伏せる。

これ、きつい。自分でわかっているけど、笑い飛ばされると、落ち込む。

「ママー？」

アリサが呼びかけてくる。

「はーい。アリサちゃーん」

「あいー」

手を上げる。慰めてくれてるのか？　マイブームか。単に受けると思ってやっているのか。

なんにしても、笑えてきた。子どもっていいな。

向こうから、青年会の人がたっちゃんを呼んだ。

「呼んでるよ？」

「あ、うん」

たっちゃんは、もじもじしていたが、思い切ったように言った。

「あのさ。あさって、お祭りあるだろ。来るのか?」

「どうしようかな」

「俺、一番太鼓だからさ。おまえに、見て欲しいんだよ」

「なんで、俺に?」

まったく、
たっちゃんは昔からわけのわからないことを言うときがある。

「俺に見に来られても、しょうがないと思うんだけど」

「しょうがなくねえよ。おまえに、見て欲しいんだよ。俺、がんばって一番太鼓になったからさ」

「うん」

ああ、そうか。もしかして、昔の延長上かな。昔から、たっちゃんは、なにかいいことがあると、すぐに俺のところにやってきた。そして、褒めて欲しがった。たっちゃんのところには、妹しかいなかったから、お兄さん気分で、彼を褒めてやったものだ。それが今でも残っているというわけなのだろう。

「来られたら来るよ。来られなくても、俺のうちから聞こえるから『ああ、たっちゃんなんだなあ』って思うよ」

「来てくれよ。ぜったいだ」

そう言って、たっちゃんは麦茶を持っている友也の手を、両手でがしっと握りしめた。

「ああ、うん……？」

なんだ、この手は。たっちゃんの手は汗ばんでいるので、早く離して欲しいなあと内心では思いながらも、それはいかもに中央都市に行ってしまった人間として、冷たいと言われるのではないかと素早く計算して、向こうが離すまで待っていた。

「あの、友也。俺、思いきって言うけど、俺……」

「はい？」

なにを言いだすんだろう。真っ赤になって、火を噴きそうになっている頬。大丈夫か、こいつ。危ぶんでいるそのときに、手首を軽く握られた。

「あっ」

社長だ。今度は、見なくても、すぐにわかった。社長が背後から、いつの間にか忍び寄ってこの手首を握ったのだった。たっちゃんの手が、離れた。社長の柔らかい手、なめらかな指が、友也の手の指のあいだにからんだ。

「もう、友也。どこまで行っちゃったのかと思ったよ。話し合いが長引いて、遅くなってごめんね」

そう言って、社長が、背後から身体を抱いてきた。

ぐわーっと身体が熱くなり、目の前がかすみそうになる。同時に、ゆうべ抱きしめられて、社長の体温を覚えている身体の奥深い部分が浮き足立っている。なんだ、これは。

「え、あ！」

内心の動揺を押し隠して、友也は言った。

「あ、いえ。俺こそ、すみません。アリサが、行けって言ったものだから」

「そうかあ。アリサが。だったら、しょうがないね」

そう言って、社長は、背中から身体を離した。ほっとするのと、残念なのと、半分半分の気持ちで、息を大きく吐く。この人は、自分には、あまりも極上で、ゴージャスで、身に余りすぎる。

社長が、たっちゃんを、じっと見つめている。

友也は慌ててフォローに入る。

「あ、あの。昨日会ってるよね。幼なじみのたっちゃん。ベビーバギーの車輪がはさまっていたのを、助けてくれたんだよ」

「それはそれは」

社長が最上の微笑《ほほえ》みを浮かべる。営業用の特上スマイルだ。

「うちのがお世話になりまして」

「いいえ、『幼なじみ』で『親友』ですから。当然のことですよ。社長さんは、本業がお忙

しいんでしょう？　早く娘さんを連れて、街に帰られたらどうですか」

「そうですね。友也の休暇が終わったら、ともに帰るつもりですよ。ねえ、友也？」

いきなり、その笑顔を自分に向けるのはやめてほしい。

「ふ、ふえ？」

自分のものとも思われぬ、おかしな声が出てしまう。

「それは、おかしいですね」

たっちゃんが、今度はなにを言いだしたのか。社長をにらみつけたかと思うと、きっぱりした声で言った。

「友也は、中央都市暮らしには疲れて、こっちに帰りたいって言ってました。なあ、友也。そうだよな」

たしかに、帰省してすぐは、ここに帰ってきてもいいかもとか、一瞬、思ったような、そうじゃないような。でも。

「帰りたいとは、言ってないと思うけど」

「言っただろ。街の人は、結局は郊外の人間とは違うから、もう、ついていけないって。戻ってくるよな？」

「友也？」

「友也！」

営業スマイルの社長と、真っ赤になって言いつのってくるたっちゃん。両側からわーわーと圧力が押し寄せてきて、目の前がクラクラしそうだった。

「いや、その」

そんな自分を救ってくれたのは、膝上のアリサだった。抱っこにあきあきしてしまったらしい。

「んーん！」

アリサはその小さくて柔らかい身体をねじると、必死にこの腕の中から抜け出し、境内を歩くのだと言い張っている。

「アリサ。靴。靴を履かないと」

膝の上にのせるために、アリサの靴は脱がせていた。だが、靴など、女王の元では、たいしたことではござらん。

「んー！」

「社長、アリサのことをちょっと押さえていてください。俺、靴を履かせてしまいますから」

「わかった」

「じゃあ、俺は行くけど。友也、またな」

そう言って、たっちゃんはその場から去って行った。

都市の人と郊外の自分たちとは、こんなにも違う。たしかに、それは事実だし、あのときにはそう言った。

だけど、今さら、このタイミングで社長に言うなんて、ないのではないだろうか。

まあ、社長のことだから、俺がどうなろうと、辞めようと、あんまり動じないだろうけれど。この関係だって、アリサが自分に懐いていたから、ここまで来ただけであって、アリサがいなかったら、きっと成立していない。

そうだよ。

社長は今ごろ、中央都市で友也の代わりを探していたかもしれない。

きっとそうだ。

「車輪がはまったって?」

「はい。ここのところで、こう、横になって、石畳に」

「そっか。ごめんね、友也。ぼくがいたら、助けてあげられたのに」

「は、はあ」

悔しそうに社長は言った。社長が、自分に謝った?

「でも、たっちゃんが助けてくれたので、なんてことなかったですよ」

「そう。よかったね」

そう言った社長の笑顔は貼りついたみたいだった。

社長が、ちょっと不機嫌な気がする。パーティーで、社長に絡《から》んでくるゲストが多かったときなどに、たまに見せる、特上の笑みを能面みたいに貼り付けた、凝り固まった表情だ。

だが、今回に限って言えば、社長がどうしてこんなになるのか、皆目見当がつかない。

いつも自分は社長を見ていた。社長だけを見つめて、彼の心の動きを察知し、それにふさわしいものを用意するのが、秘書としての友也の仕事だったのだ。だが、昨日からこっちは、そうは言っていられない。アリサは一歳児だ。友也の、街の人に比べればはるかに少ないであろう体力と頭脳のキャパのかなりの部分を、アリサにさいてしまっている。そのため、社長にまで手が回っていなかったせいかもしれない。

境内で、鳩をよたよたと追い回していたアリサが疲れて抱っこと社長に訴えた。抱っこされるのは社長だと、アリサは決めたのに違いない。それをきっかけに、三人は、神社をあとにした。

バギーは友也が押した。そうしながら、前を行く社長の後ろ姿を見る。ひどく冷たく感じられた。

自分が、街を去り、郊外に帰るって言ったから？　それが、気に入らなかったのだろうか。裏切りだと思っているのだろうか。それとも、もう使えない道具には、関心がないのだろうか。

友也は、バギーを押しつつ、顔が下を向く。うなだれてしまう。

思えば、こっちに来てからというものの、社長は自分といっしょのものを食べ、いっしょの服を着て、なんでも話し、寝るときも一緒だった。そうやっているうちに、自分は、勘違いをしてしまったのだろうか。仲良くなった、みたいな。

そんなわけないだろ。秋山が言っていたことを思いだしてごらん。

自分は石ころ、彼はダイヤモンド。

彼の言ったことは正しい。

そうやってずっと生きてきたのだし、これからだって同様だ。それは、変わらない。

帰宅したあとも、社長の機嫌は悪いままだった。もう、それにかまう気持ちのゆとりもない。いまさら、彼にこびてどうしようというのだろう。

アリサがかまえと言ってくるのだが、すべて社長にまかせてしまった。マルが、外に出るのを嫌がるくせに、「いったい、どこに行っていたのか」と言いたげに姿を現し、アリサに追いかけられている。

それを止めようと思うのだが、どうにも身体が動かない。思えば、神社にいたときから、軽いめまいを覚えていた。

「どうした？　友也」

「なんでもないです」

そう、言いはしたのだが、どうしたんだろ。うまく、立ち上がれないぞ。

「おまえ、大丈夫か？」

「だいじょうぶですよ」

むっとして、社長の手を振り払う。

「俺は、Ｇクラスですけど、うまくやってみせます」

「そういうことを、言っているんじゃないんだ」

「いいから、社長は、洗濯物を取り込んでおいてください」

とげとげしく、そう言った友也を、社長は振り返っていたが、ベビー柵をあけて、二階へと上がっていった。

マルが、やたらとすり寄ってくる。

「ママ……？」

アリサが、指をしゃぶりながら、こちらを見ている。

ああ、だめじゃないか。ちゃんとしないと。

俺はＧクラスだからっていっても、うまくできるんだから。それを見せてやるんだから。

弱みを見せたくない。Ｇクラスだからしょうがないって、言われたくない。

「取り込んだぞ」

「どうせ、そのままなんでしょう？　たたみに行きますから」

「待て。たたむんだな？　ぼくが行ってやってくるから、そこでおとなしくしていなさい」

「たたみ方が、わかるわけないでしょ？」

「検索して、調べる。だから、少し休め」

社長が、額《ひたい》に手を当ててきた。ふつうのときにそうされたのだったら、体内に飼っている暴れ馬が大疾走だったろうが、身体の力が抜けている今では、「あ、気持ちいい」としか、思えない。

「友也、熱があるぞ」

どうりで、だるいわけだ。

「こんなの、たいしたことないです。平気です。よくあることです」

「よくあるのか……？」

社長の眉がひそめられる。しまった。そんなことを言ってしまった。口にする気なんて、なかったのに。

そう言ったら、秘書の地位を失ってしまうから。言わないようにしようと思っていたのに。それなのに、言ってしまった。

いいや。もう、会社を辞めるんだから。二度と、会わないんだから。そんなのは、いやだけど、見ているだけでもうれしいから、そばにいたいけど、でも、もう、いいや。

「実家に帰ると、よく熱を出すんです。帰ってきて、半分は、寝ています。きっと、中央都市では気が張っているんだと思います」

社長がますます難しい顔になっている。つらい。

「少し、休め」

そう、彼は言った。

「はあ？」

おまえは、役に立っていないと、そう言われた気がした。

「だれのせいだと思ってるんですか？」

社長がいきなり、アリサを連れてやってくるから。だからでしょう。でも、あなたが来てくれて、そんなことをしてくれるなんて思っていなくて、俺は、すごく嬉しかったんだ。そういうことを思ってしまう自分がどうなのかと思うけれど、でも、とっても、嬉しかったんだ。それなのに、役立たずだと烙印《らくいん》を押されて、俺は悔しい。どんなにがんばっても、俺はどうせ石ころで、あなたのようなダイヤモンドはおろか、エメラルドでも、ルビーでもない。ただの石ころ。あなたは、ひらひらとその透き通ったダイヤモンドの羽を広げて空を泳いでいく。羽は透き通り、どこまでも輝く。俺なんて、もう見えない。眼中にない。それが、俺には、一番おそろしいのに。

「平気だって、言ってるでしょう！　社長に、任せておけるわけがないじゃないですか。どうやってごはんを作るつもりですか。アリサのおむつだってかえられないくせに。洗濯物だって、たたんだことあるんですか。ぜんぶぜんぶ、あなたのお好きなアンドロイドが、あなたの代わりにやってくれているのに違いないのに、自分ではやらないくせに、えらそうに言わないでください！」

　一息に言ってしまってから、後悔した。

　わかっている。社長は、別に、悪いことをしているわけではない。ただ、人の手ではなく、アンドロイドが家事をする。そういう文化になじんでいるだけだ。それだけだ。洗濯物を手でたたんだから、えらいわけではない。食器を手で片付けたから、すごいわけでもない。そんなことぐらい、いやというほど、わかっているはずなのに。なにを、言っているんだろう。自分は。暴言が、止められない。

　苦しい。

「は……」

「友也、もう、いいから」

「よく、ないです」

　目の前がかすむ。

　ああ、いやんなる。これだから、Gクラスは。

　直情的で、半理性的で、そして、無秩序。だめだ。アリサが目を丸くしている。泣いてしまう。泣かないで。アリサに泣かれると、自分が悪人になった気がして、ひどくつらい。だから、泣かないで。

　アリサの顔が、急にぐにっと歪んだかと思うと、社長の顔になった。社長が、泣きそうな顔をしている。けたけたと笑えてくる。あり得ない。社長が、そんな感情をもつなんて。ないない。何を見ているのだ、自分は。どんな夢を、見続けているんだ。

ああ、くらくらする。だめだ、ちゃんとしなくちゃ。ほんとに、きちんとしなくては。そうしなくては、息をする権利さえ、自分には、ないのだから。

「まーま」

誰かが、自分を呼んでいる。自分がママ？　これはまた、ずいぶんと笑える冗談だな。だけど、わかるよ。自分がママだ。そう、間違いない。

「まーま、まーま！」

アリサに、頬を叩かれている。小さい手が、ぺちぺちと、この頬を叩く。にゃあとしゃがれた声をあげたのは、兄貴気取りのマルに違いない。

「だめだよ、アリサ。ママは、ねんねだからね」

優しい声がする。社長の声かな。それにしては、なんだか、ずいぶんと、こう、感情が露《あら》わになったみたいな。悪くない。うん、悪くない。むしろ、すごくいいよ。社長、そのまま、ここにいてください。そして、ずっと、話していて。その、優しい声で、俺に話しかけていて。命が尽きるときが来たら、こういう声の天使に導かれて、天国に行きたい。それなら、最高に幸せだ。

自分の息が熱い。

「あれ？」

額に冷たい感触があった。ひんやりしている。なんだろう、これは。ふれると、氷嚢《ひょうのう》だった。そういえば、うちには氷嚢があったのだった。

「冷たくて、気持ちいい」

「よかった。もっと、眠ってて。おいで、アリサ。アリサは、友也のことが、心配なんだよ。いたずらもしないで、ずっと近くにいたんだよ」

「え……？」

あれ？　社長？

「……？」

おでこにのせられた氷嚢は、もしもこれが夢じゃないとしたら、この人が作ったことになる。のか？

「まさか、社長が？」

この人に、こんなことができるわけがないか。そう思ったのだが、彼は言った。

「ちょうど、ご家族からこの家に電話があったので、事情を話して、いろいろ教えてもらった」

「う、うちの家族と話したんですか？」

「ああ。『よくあることだ』と言っていた。おまえは、こちらに帰るたびに寝込んでいたんだな」

それを言われると、どうしようもなくて、空調が効いているのをいいことに、布団に深く潜り込みたくなる。

「……」

「往診してもらった医者は、いつものことだ、疲れが出たんだろうと言っていた」

そう。

いつも、家には倒れに帰っているのかと姉に言われて、最近では帰れば布団が敷いてあるという用意周到さ。ありがたくも、申し訳ない。

医者も、いつものことだなと、来ては点滴を一本打って、それ専用の点滴スタンド代わりの帽子掛けが、浅野家にはあるくらいなのだった。

「面目《めんぼく》ないです」

「友也のお姉さんから米の場所を教えてもらって、作り方を習って、おかゆを作ってみたんだが……。食欲は？」

おかゆを作ってみた？　作ったって言いました？

社長の秘書となって、二年ほど。その間、一度として、社長が料理を作ったのを見たことはない。それどころか、彼が自ら茶を注《つ》いだことも、水をくんだところさえ、見たことはない。いつも、その準備をするのは、友也であったし、あとは、彼のペントハウスにいて、彼に仕えているオットーという名前のアンドロイドが用を足すのだった。

「しゃ、社長が……社長が、おかゆを？」

社長の作ったおかゆ。なんて希少な。できたら、試食したい！　食べたい！　でも。今、こんな、ふらふらの状態で、そんなものを食べたら、そうしたら、どうなってしまうことか。

「冷凍に……冷凍に、しておいてください。あとで、食べるからー」

そう、もっとお腹《なか》に自信ができたそのときには、ぜひとも賞味したいものである。どんな味でも、いい。そんなレアもの、逃す手はない。

社長は、奇妙な顔をして、首を傾けた。

「よくわからないのだが……郊外では、おかゆは、凍らせて食べるものなのか？」

「違います」

「そうだよな。きみのご家族も、熱いうちにと言っていた。それにならって、部屋を涼しくしておいたから、おいしく食べられると思うぞ。ぼくも食べてみたけれど、まあまあだった。アリサも同じものを食べたんだ」

「アリサも」

うらやましい。そして、お腹は大丈夫なのだろうか？　心配したのだが、アリサは上機嫌だ。

「友也にも、食べて欲しいな？」

そこまで言われてしまったら、そうしたら、これはもう、食べるしかないではないか。

「ありがたく、いただきます」

「なにを、泣いているんだ。おかしなやつだなあ」

そう言って、社長は台所にいくと、ごそごそとなにかやっていた。そして、帰ってきたときには、小さな盆に、友也の茶碗、そして、スプーンが添えられていた。上には、我が家秘伝の梅干しが赤くちょこんとのっている。見た目は合格だ。たいへんに、おいしそうだ。くんくんと匂いをかぎ、異臭がしないことを確認する。

「へんなものは入れてないよ。米と水と塩だけだ」

それでも、失敗する可能性はなんぼでもあるのだ。それを、自分は知っている。塩を入れすぎたり、ひそかに焦がしていたり、生だったり、味が足りなかったり。

最後の、味が足りないパターンが一番いいな。そうしたら、塩を足せばいいだけだから。

アリサと社長が、起き上がって、盆を布団の上にのせて食べようとしている自分を、見つめていた。そんなに見られると、食べにくい。

せめて、おいしいという演技ができる範囲の味でありますように。そう念じながら、口に半分とろけているかゆを含んだ。

「あ……！」

意外だ。意外にも、「おいしい」と、思わず心から言ってしまう程度にはおいしかった。

「やった！　友也がおいしいって言った！」

社長は、よほど嬉しかったのだろう、手を打って喜んだ。それを真似《まね》して、アリサもぱちぱちと手を打ち鳴らす。それをBGMにして、友也はかゆを食べ続けた。

「社長、料理できたんですね」

からの茶碗を返すと、「ふふ」と社長が意味深に笑った。

「いやだなあ、友也。おまえは、知っていると思ったけど。ぼくが料理をしたことなんて、あると思う？」

ああ、やっぱりと納得する。

「聞きながら、やったんだよ。こっちの映像をぼくの端末から向こうに流しながら、ひとつひとつやっていったんだ」

「なにか言ってました？」

「特になにも言ってはいなかったけど、悲鳴は聞こえたね」

「悲鳴？」

「ぼくの手つきが、とても危なかったそうだから」

そう言って、社長は、左手を出した。中指に絆創膏《ばんそうこう》が巻いてある。

「ど、どうしたんですか、これ」

「ここの救急セットから、いただいた」

「そうじゃなくて、なんで怪我《けが》しちゃったんですか」

せっかくの、白魚《しらうお》の指なのに。

「鍋を火から下ろすときに、うっかりさわってしまったんだ。熱かった」

「そりゃ、そうですよ。いくら郊外だって、レトルトのおかゆくらい売ってるんだから、そういうものを買えばよかったのに」

「そう言われれば、そうなんだが」

言ってから、社長は、腕組みをして難しい顔をした。

「……？」

友也はいぶかしげに彼を見る。なにか機嫌を損ねるようなことを、言っただろうか？

「だって、作りたかったんだ。よくわからないけど、してやりたかったんだ。あまり、うまく、できなかったけど」

「え？」

社長が俺のために、ごはんを作ってくれた。

それだけでも、超レアなのに、やりたかったとまで言ってくれた。

「うれしい……」

いつもの、身悶《みもだ》えするようなものとは違う。

じんわりと、身体の芯をあたためてくれるような喜びだ。

あれ、待てよ。じゃあ、もしかして、昼間に、機嫌が悪かったのも。そういうこと？

「もしかして、俺がたっちゃんに助けてもらったのが、気に食わなかったんですか？」

社長は、むうとした顔をした。

不条理で、言いがかりに近いから、言いたくないというのを、「そうしないと、対処できません」と無理に話をさせる。

「おまえが、幼なじみと、楽しそうに話していたから」

「……なんですか、それ」

そりゃあ、楽しく話もするだろう。たっちゃんと会ったのは、このまえのお正月以来だ。

「えーっと、俺、休暇のときくらい、楽しく話しちゃだめなんですか」

社長は苦い顔になる。

「だから、言いたくなかったんだ。ほんとに、自分にあきれてる。友也は、ぼくの秘書で、それだけだ。今までは、おまえのすべてがぼくのものだと思っていた。でも、おまえには、育ってきた家や、友人がいて、そこにはぼくはいない。こっちに来てから、それを知って、悔しいし、寂しいんだ」

「そんなことを言われても」

「わかってるんだ。大丈夫、頭ではちゃんとわかっているから。すぐに持ち直すから」

これって、嫉妬《しっと》なのかなあ？

友也は首を振る。

それはないな。

いつもあるおもちゃをとられたくらいの感じかな？

でも、社長でも、こんなふうに、うろたえることがあることに感動している。

照れる社長。

こんなものが拝める日が来るなんて。眼福もいいところだ。

「わかっているんだ。不条理だ。自分でも、どうしてこんな気持ちになるのか、わからない。彼が、きみとアリサを助けてくれたことに対して、ぼくは感謝こそすれ、なじることは一切できない。わかっているのに、この、感情が動くことを止められない」

「社長でも、そんなことがあるんですね」

「ほんとに、理不尽だ。だって、ぼくが、おまえをそんなに倒れるまで、追いつめたのに。ぼくは、おまえに、謝らないといけないのに。今まで、ごめん」

社長が、また謝った。

——友也は、かつての仕打ちを思い出す。

「できるね？」

「これ、やっといて」

「パスワード、なくしちゃったー」

「ジャガイモは嫌いだ」

「冷たいものが食べたいなー」

「このワインが飲みたい。今夜」

「古代生物に詳しい人を探して。今すぐ」

――だいたいこんな感じ。

わがまま放題で、反省なんて、したこともなかったのに。いったい、なにが起こったのだ。フリーズして、からの茶碗を前に、止まっている友也を見て、社長は何を勘違いしたのか、しきりと言い訳をする。

「ここに来る前に、木村《きむら》さんにぼくが友也をいいように使っているって言われて、もっとだいじにしなくちゃだめ、寄りかかりすぎって言われて……反省しているんだ。いまさらで、あきれているのかもしれないけど」

「あ、うん」

なんだか、ゆるっとなってくる。力が抜ける。

ああ、まあ、今は、あれだ。

目の前で倒れられたら、誰だってビックリするからそのせいなんだろう。

それでも、俺は思っている。このひとときがあるなら、何度だって、社長を許してしまいそうだ。

今まで、むかついたことも、腹を立てたことも、無茶振りをされたこともあったのに、あなたが、そのダイヤモンドの羽を、この石ころである俺の上で、ほんのちょっとでも、休めてくれるというのなら、なんの不満があるだろうか。

「ままー？」

アリサが、近くにあったタオルを手に取ると「あいっ」と、差し出してくれた。なんというタイミング。すばらしい。このタイミングを忘れないようにするんだぞ。

「ありがとう、アリサ」

「あいっ！」

社長が嘆く。

「ぼくは……アリサにまで、負けている」

「そういうのは、勝ち負けじゃないでしょう？」

「そうかな。そういうものかな」

社長は、つぶやくと、友也をじっと見つめてくる。

意味もなく、そういう顔でこちらを見ないで欲しい。なにか声が出そうになるのを、タオルに顔を埋《うず》めてこらえる。ふと、タオルから、新鮮な太陽の匂いがすることに気がついた。

「このタオル。社長が取り込んでくれたんですね」

「ああ、そうだ」

「ありがとうございます」

そう言うと、社長は、戸惑ったようにこちらを見ている。これは、フリーズ……?

「どうしたんですか?」

「いや、なんて返せばいいか、わからなくて」

俺が、教えてあげますね。

「そういうときはですね、『どういたしまして』って言えばいいんですよ。ふつうに」

さあ、リピートアフターミー!

「どういたしまして……?」

ぎこちなく繰り返されて、自分の中の社長かわいいモードが、マックスを振り切って、無限の彼方《かなた》に飛んでいってしまった。社長、かわいいです。今までは、きれいだとか、かっこいいとか、美しいとか思っていたけれど、今は、とんでもなく、かわいい。

「そのタオルは、友也の匂いがするな」

「そうですか?」

「ああ。たまに、おまえから漂ってくる匂いは、いったいなんなんだろうと思っていたんだが。郊外の、太陽の匂いだったんだな」

そうなのかな。そんなことってある? いくらなんでも、中央都市に行って、クリーニングにも出すし、洗濯だってする。そのときには、外に干すなんてことはせず、乾燥機まかせなのに。匂いが残るなんてあるかな。

アリサが、布団の上によじのぼってきた。

「そういえば、アリサはおとなしいんだな。どうしたんだ？　きみも、熱があるんじゃないのか」

「それがね。友也が寝ついてから、ずっとおとなしいんだよ。この子、友也がたいへんなときなんだって、ちゃんとわかっているんじゃないかな。そんな気がするよ」

社長の親バカですねと笑おうと思ったのに、できなかった。

「そっか」

アリサを抱き寄せる。

「そうだったんだ。アリサ。いい子だね。アリサはいい子」

アリサは、なにを思ったのか。「いい子」というパワーフレーズからそうせねばと思ったのか。手を伸ばすと、友也の頭にやって「いい子いい子」をしてくれた。

「アリサ。ごめんな。きみが心置きなく、やんちゃできるように、ママ、早くよくなるから」

もう、まったく今日は、泣かせにかかってくる。

「社長。この子、宇宙一かわいいと思います」

泣き声を悟られないように、タオルを顔に当てて言ったのに、きっとわかられてしまったのに違いない。社長は、このうえもなく優しい、うやうやしいような、壊れ物を扱うかのような手つきで、友也の頭を撫でてくれたのだった。

「さあ、もうちょっと寝なさいね」

社長は、アリサを布団に入れた。その上から、優しくぽんぽんと叩いて、寝かしつけてくれる。かたわらにはアリサが寝そべっている。社長が、歌を口ずさんでいる。ふふっと笑った。まるで、アリサが歌っていたかのごとき、まったく適当な歌だ。それが、即興で、いまここで聞いているのは自分だけ。

レア。

レア中のSSレア。

夜になって気がつくと、アリサがぴったりとくっついている。もう片方には、社長がいて、抱き込んでくる。今夜の川の字は、自分がまんなかだ。

なんだ、この、最高の至福の取り合わせは。

昼間、社長が取り込んでくれたタオルを目に当てて、ぐっとこらえる。ほんとに、涙もろくなっていて、やだなあ。こんなに、親しくなったと、社長に家族として大切にされていると思ってしまうくらいの。そんな、錯覚をしたまま、ときをすごしてしまったから。この休暇が終わったときに、自分は耐えられるのだろうか。

郊外でのレア社長は、中央都市に戻ったら、消えてしまうのに。

それをついうっかりと忘れてしまいそうになる。これに慣れたら、あとがつらいのに。

その夜はうなされた。社長が、中央都市で冷たく微笑んでいるのだ。

「え、やだなあ、友也。ぼくが友也を家族扱いするなんて、あるわけないじゃない。あれは、ふりだよ、ふり。ふり。郊外ではこうするべきって学んだだけなんだ。ほら、ぼくって優秀だからさ。そんなところで、なに、つったってるの？　ほらほら、お茶を淹《い》れてよ。今、ぼくが飲みたいお茶だよ。友也なら、外さないよね。あー、友也は便利だなあ。アンドロイドには、人の気持ちを先回りする機能はないもんね。あ、もしかして、友也のことを分解したら、わかるかな。そうしたら、もっと、優秀な、アンドロイドができるねえ……」

ううう。やめて、やめてください。いや、切り刻まれるのくらいは、覚悟します。でも、いなくなってしまったら、そうしたら、もう、社長のことを見つめることができなくなってしまう。それか、俺にはとても残念なんです。

でも。

もしかして、その、作られたアンドロイドに自分の魂が、ほんのちょっとでも残っているとしたら、そうだとしたら、もう、それでいいかなって思ってしまうんです。

「友也、友也、」

優しい声がする。しきりと、肩を揺さぶられている。

「どうしたの、友也。なにが悲しいの」

「社長が、優しいのが、恐《こわ》いです」

「ええー……」

社長が戸惑っている。

「どうせ、戻ったら、冷たくなっちゃうのに、俺、その覚悟ができなくて、すごくつらいんですよ」

「ごめんね。ぼくが、愚かだったから」

頭にきた。夢だとしても、これは許せない。

「社長は、そんなこと言わない！」

「え、なに、その罵倒」

「社長が、そんなしおらしいことを言うわけがないじゃないですか」

社長が布団の上につっぷしていたが、やがて顔を上げて言った。

「これはきっとぼくのせいだな。いいよ。今は、とにかく、おやすみ」

そう命じられたので、ようやく言われた通りに眠ることができた。

■07　郊外（三日目）

夢も見ない、深い眠りからぱっちりと目が覚めた。それは、回復したときにだけある、独特な爽やかさに包まれていた。

「ふわ」

おかしな声を出してしまう。

社長の寝顔が真正面、間近にある。

その、刻まれたように完璧《かんぺき》にうつくしい顔を堪能《たんのう》する。ずっと見ていたい。

だが、そうもいかない。そっと起き上がる。

「あ……」

身体が軽く感じられる。昨日まであった、もやっとした感じのかたまりがない。疲れが相当、たまっていたのだろう。情けないが、やはり自分は、街の人たちに比べれば、いまひとつ、体力が及んでいない。

それにしても、この、回復力はすごい。

よく寝たからだろうか?

おかゆパワー?

社長の癒やし力?

布団から出ようとすると、社長が目を覚ました。友也の腰に手を回す。

「おまえ、もう起きても平気なの?」

気だるい社長の声が、なんとも色っぽい。録音したい。何度も堪能したい。

「でも、社長とアリサのごはんを……」

そういえば、アリサはどこだろう？

「アリサは、お隣が面倒見てくれてるよ。洗濯と買い物は、教えてもらいながら、やったから」

「教えてって、だれに？」

「たっちゃんにだよ。いやそうな顔をしていたけれど、友也のためって言ったら、引き受けてくれたよ」

「はー」

郊外の社長は、ちょっと違う。社長のことを、こっちに来たら、どうせ、なにひとつできない、やってくれない人なんだと思っていたのに。できないのはそのままなんだけど、ちゃんと他の人に、助けを求めることができる人だったんだな。感心してしまう。

「お隣の奥さんや老夫婦は、子どもの扱いにも慣れているし、なによりアリサがなついていたので、おいてきた。他人の子どもでも、あんなにかわいがってくれるものなんだな」

「言ったでしょ？　子育ては、たいへんなんです。ここでは、アンドロイドもないし、産んだばかりのおかあさんは体力もないし。だから、助け合うんですよ。そう考えると、案外こちらも、合理的でしょ？」

「そうだな」

床も、きれいになってる。片付いている。

社長の後ろ姿を見ながら、社長は優秀なんだな。家事もやればできる子なんだと感心する。

「隣から、サンドイッチをもらってきた。メンチカツとゆで卵をはさんだものだ」

「わあ、ありがとうございます」

「ほら、そっちに座ってて」

そう言われて、台所のテーブルに座る。アリサがいないと、妙な気分だな。社長が近い気がする。

そう、まるで、新婚家庭のような。

そう思ってしまった自分に赤面する。

「友也」

「はい？」

立ち上がった社長は、こちらを見た。片手には、包丁を持っている。彼は、レセプションの開始を宣言する厳《おごそ》かさをもって、宣言した。

「え、社長。まさか」

「今日の夕食は、カレーライスに挑戦する」

「社長！」

かっこいいけど、なんて無謀な。そんなことできるのか？　だって、そうじゃないか。おかゆは基本、米と水を鍋に入れて、とろ火で煮るだけだ。

「カレーライスって言ったら、カレーを作るんですよ？　ジャガイモやニンジンやタマネギや肉を切らないと、できあがらないんです。そうだ、社長、だいたい、ジャガイモ、苦手でしょう？」

「コロッケを食べてから、好きになった。郊外のジャガイモはうまい」

そんなわけ、あるはずがない。

説得だ。説得せねば。

「悪いことは言わない。レトルトにしましょう」

おかゆだけでも、指に火傷《やけど》をしている社長なのに、刃物を手にしたら、無限に妄想が広がってしまう。無傷な社長にお目にかかれるのも、これで最後なような気がしてしまう。

「だいじょうぶだ」

「根拠のない自信は、大規模な失敗を招くと、いつもおっしゃっているではないですか」

「これは、根拠のない自信ではない。おまえとぼくは、これまで何度も、窮地を乗り越えてきたね」

「はい」

「妨害されて、入札までに、アンドロイドの検品が間に合わないかと思ったときもあった。たちの悪いイミテーションを作られて、損害賠償をせまられたときもあった」

「はい」

「この、ぼく、社長自らが、工場につめたこともある。あのときには、友也が炊き出しをしてくれて、助かったよね」

「恐縮です」

社長は、包丁を握った手を前に出した。

危ないです。

「今ここに、宣言しよう。今夜のカレーの成功を」

かっこいいです、社長。

その、社長のかっこよさにほだされて、カレーを作ることを、なし崩しに了承してしまった。だが、これは、我が社の様々な危機と比べても、圧倒的に困難がつきまとう。

「社長、左手は、猫の手にしましょう！」

「猫の手とは？」

「こうするんです。こう」

言って、手を丸める。

じっと見つめていた社長だったが、「わかった」とうなずき、手を丸める。そして、「にゃあ」と言った。にゃあ！

「にゃあ……？」

あの、社長の、猫の鳴き声が聞けたなんて、今日は、めちゃくちゃレアな日だな。

感動だ。

スペシャルレアだ。

そうだ。これは、手帳に書いておかなくてはな。友也の手帳には、ほかにも、初めて手作りのおにぎりを召し上がった日とか、初めて名前を呼んでくれた日とか、きみからおまえに呼び方が変わった記念日とか、細密に、書き込んである。業務上の機密だからと、決してその手帳は人に見せないのだが、なんてことはない。恥ずかしいだけである。

いや、だって、これを見たら、人は引く。他人だけじゃない。正直、自分だって、こういう人ってどうかと思う。でも、これはもう、自分の性分で、習慣でだいじなことだから、ほんとにもう、しょうがないんだと心から思う。

にゃあ。

かわいい。

社長は、ほんの少し、穏やかな顔になっている。

「二人きりって、久しぶりだね」

社長も、同じことを考えていたのだろうか。そう言って、ぺいっとシンクの前に紙を貼った。そこには、ニンジン、タマネギ、ジャガイモ、鶏肉を切る。煮る。カレールウを入れる。と、社長自身の筆跡でメモが書いてあった。

「タマネギ」

そう言うと、社長は、じっと見つめた。

「これ？」

そう言って、これまで一度たりとも、都市では家事をしたことがないであろうその指で、彼はタマネギの頭をつまみあげた。

「当たってます。すごいです、社長！」

心からそう思って拍手をする。

「ふふ。友也はまったく、褒め上手なんだから」

社長は上機嫌だ。

そう、二人でいるときには、こういう感じなんだった。思い出してしまう。

「なんだかさあ、新婚さんって、こんな感じなのかなあ？」

のんびりした声で、そんなことを言う。

「な、なにを言ってるんですか」

冷静に、冷静に。心ではそう思っているというのに、心臓はばくばくいいだしているし、自分の中の暴れ馬は大きくいないないているし、今すぐ飛び出して、お気に入りのペンを片手に、手帳にこの感動を記したいと心から願ってしまう。

そこらへんを駆け回って、寝転んで、足をバタバタさせたい。

そうしたい。ぐっと抑えて、自分の中の暴れ馬をどうどうとなだめる。

「タマネギが、よく、わかりましたね」

社長がにっこり笑った。

「ニンジンが赤いのは、知っているし、ジャガイモは芋類《いもるい》だから、ごつごつしているんだろうなって。だったら、あと、残っているのは、これしかないじゃないか」

「消去法ですか」


社長が嘆く。

「なんでだろう。目が、目が痛い」

「タマネギとは、そういうものです。社長、前屈《まえかが》みにならないで、できるだけすっと立って切って下さい」

「そんな。難しいことを言わないで。むりだよ、そんなの」

「できます、きっと、あなたなら」

「う。か、かたいんだな。ニンジンとは」

「がんばってください。そう、その調子！」

タマネギが目に染みつつも切り終わった。ニンジンの皮をピーラーで剝《む》くときに手の皮まで剝きそうになりながら、それでもなんとか、やり抜いた。

さらなる試練は、ジャガイモの皮を剝くときにやってきた。

「どうして……ジャガイモってこんな形をしているんだ」

そんなことを言われても、困る。

ジャガイモさんだって、きっと思っていることだろう。昔から、この形だったんだと。

「思えば、ニンジンはぼくの手に優しい形をしていた」

しかめつらで、ジャガイモを自分の目の前に高く掲げながら、社長はそう言った。

「これは、どこから、手をつけたらいいんだ」

「社長、俺とタッグを組みましょう」

「タッグ、とは？」

「社長がだいたいをそいでくれたら、残ったところを、俺が剝きます」

「むう。ぼくが、作りたいのにな」

「大丈夫です。社長。最初に手をかけた者が、その料理の担当者なんですよ」

「そうなのか？」

友也は、力強くうなずいてみせる。

「そうなんです」

「そうか」

いいのだ、ルールはあとからついてくるものだ。

腕まくりをした社長のかたわらに、友也が立つ。

「はい、お願い」

ジャガイモが、友也のところに巡ってきたときには、芽の部分をはじめとして、大きく皮が残っていたが、やり始めたことに意義があるのだ。

「肉は、小さめに……」

「?」という記号を頭の周囲に飛び散らかして、社長が友也を見る。

「えーっと、だいたい二センチ角くらいにお願いします」

社長は、指でその長さを確認した。

「うん」

やり始めさえすれば、これはもう、やったのと、だいたい同じだ。そう友也は大学時代に先輩から教わった。とりかかろう、やろうとしたことが、この場合は、何よりもありがたいではないか。この郊外にいる社長は、自分と話が通じる、レア社長なのだ。

野菜と肉が鍋に入った。


「まーだかなっ、まーだかなっ!」

社長が勝手な歌を口にしながら、鍋を何度も見返している。

「竹串をさして、具が柔らかくなったかどうか、確認しろって……。竹串?」

社長が、首をかしげる。

「竹串は見当たらないので、菜箸で代用します。少々、大きめの穴があきますが、気にすることはありません」

そう言って、ぐさりと刺すと、社長が「あ」と声をあげた。どうしました？　なにか、不都合なことがありましたか？

「いや、せっかく……切ったのに……」

ああ、穴があいて形が悪くなるのが、いやだったわけね。でも、大丈夫。カレールウを入れたら、そんなことは気にならなくなります。

「火を止めて、このカレールウを入れます」

「チョコレート？」

「違います。もっとも、俺は、幼いころに、これをかじったことはありますけどね。しょっぱくてからくて、カレーの味です。そのまえに、ちょっとだけ、とりわけておきましょう」

そう言って、小さい鍋に具を移しておく。これは、アリサ用だ。

「そして、ここに、我が家秘伝のこいつを投入するんです」

「ケチャップとソースはまだわかるとして……それは、インスタントコーヒー？」

「そうです。これを、入れます」

「ぼくの記憶によれば、インスタントコーヒーというのは、コーヒーを淹れるためにあるのであって、カレーに入れるのは……」

「大丈夫です。隠せます。隠し味です」

「隠せるのか？」

社長の言葉に、力強くうなずく。

「はい、隠されて、さらに、よりいっそう、カレーがおいしくなります」

友也はそう言い張ると、ほんの少しだけ、インスタントコーヒーをカレー鍋に混ぜた。


ご飯の炊き忘れというアクシデントがあったものの――そのおかげで、カレーのなんとも食欲をそそる匂いをかぎながら、お預けをくらうという拷問にあったが――、カレーはできあがった。

アリサにも、つぶしたニンジンとタマネギとジャガイモと肉に子ども用のルウを混ぜた、からくないカレーを作ってくれた。カレーは、とろみがあるぶん、食べやすいらしい。アリサは、スプーンですくって、ちゃんと口に入れている。彼女の目が丸くなった。

「ふお？」

ど、どうした、アリサ？

一応、味見はしているのだが、彼女の口には、からかったのかもしれない。よくさましたよな？　大丈夫だよな？

アリサは、ぐっとスプーンを握りしめた。そして、宙を見つめて、もう一度、「ふおおおおっ！」と謎の悲鳴をあげると、スプーンをがっしと握りしめて、えらい勢いで食べ始めた。

「これは……」

成り行きを息を飲んで見守っていた社長が、友也に確認してくる。

「気に入ってくれた……んだよね？」

「だと、思います」

それにしても、おおげさな。

そう思いながらも、自分たち大人用のカレーを口にしたのだが、「うっまー！」、たちまち、友也も、アリサ同様、スプーンを片手に、宙を見つめ、うまさという感動に耐えるポーズを取ることになった。

「社長、あなた、天才なんじゃないでしょうか？」

社長は、戸惑っている。

「いい匂いだけど、それはあまりにも、おおげさなんじゃないの？」

だが、ひとくち食べた社長もまた、「んんん」とうなりつつ、口元に手をやる。

「これ、今まで食べた、あらゆるカレー味のものの中で、最高においしくない？　郊外には、秘伝のルウがあったの？　もしかして、インスタントコーヒーが、めちゃくちゃ効いてるんじゃないかな？　おいしい！」

「はい、おいしいです。やりましたね」

まずいものを食べたときの、げんなりした気持ちとは逆だ。どうしておいしいものを食べたときには、こんなにも笑えて、笑えて、笑えてくるんだろう。

じーんと感動しながら、レアな社長が作ったレアなカレーライスを福神漬けをつまみつつ、頰張っていると、社長が、こちらを見ていることに気がついた。その表情は、ひどく優しくて、慈《いつく》しむという言葉がぴったりだった。

慌てて、自分の顔に手をやる。もしかして、知らないうちに、顔になにかついていたんだろうか。福神漬けとか、カレーとか。社長が手を伸ばしてきたのはそのためなんだと勘違いして、んーと顔をしかめて、目をつぶって顔を向けたら、社長は、なにを思ったのか、この顔をそっと、そのなめらかな指の先で撫でてきた。

「うひ？」

甲高《かんだか》い、おかしな声が出てしまった。社長は、今まで見たことがないくらいに、最高に、機嫌のいい、晴れ晴れとした顔をしていた。そして、友也に向かって言ったのだった。

「作ったものを、おいしそうに食べているのを見ると、うれしくなるな」

社長、微笑んでいる。優しい笑み。

「たしかに、お世話するほど、大切になる」

そう言って、自分のカレーを口に入れた。

ちょ、ちょぃ待て。ちょっと待って。大切になるとか。そういうことを、言いますか。

わー、どうしよう。

「おいしくできたのは、友也の助言が的確だったからだ。自分一人だったら、今ごろは……」

うん。それは、否定できない。

「まんまー！」

スタイ《よだれかけ》をさせているのにもかかわらず、アリサの子ども服は、カレーにまみれている。老若男女かかわらず、我らを魅了せしもの、でも、果てしなく服を汚すもの。

その名はカレー。

「片付けは俺がやりますよ」

「でも」

友也は、いたずら心を起こした。

「いいです、俺も、社長にお返ししたくなったんです。お世話したくなったんです」

そう言ったときに、社長が見せた、はにかみ顔。

「……ありがとう。うれしいよ。してあげただけでも、うれしいのに、返してくれるんだね」

自分の目に録画機能がないことを、こんなに後悔したことはない。残念すぎる！　こぶしをかためてうつむく。ああ、気持ち悪い、俺。どう考えても、おかしい。でも、本気で後悔していることも、やっぱり事実だったりする。

「いいんです。家族ですから」

「家族……？」

「まあ、今は、そんなところでしょう？　俺と、社長と、アリサと。いきなり押しかけてきた家族ですけどね」

「……」

社長がしょんぼりしてしまったので、「あ、でも、俺、けっこう楽しんでますから、気にしないでください」と、ついつい、言ってしまった。木村だったら、「えー、なに、甘いこと言ってるの。ガツンと言ってやらないと、ガツンと」とでも、きっと言うのに、違いない。

だけど、ほんとに俺は、社長に弱い。それを、切々と思い知っている。

「家族みたいなものでしょう？　お世話して、されて、いっしょにいるんだから。楽しく暮らしていくためのの。チームメイトです」

「アリサも？」

「もちろん、アリサも」

だけど、俺は知っている。これは、レアもレア、ここにいるときだけの社長だって。

アリサを、社長が風呂に入れてくれた。それを、まるで当然のことのように受け入れて、社長からアリサを受け取って、電光石火の勢いで、身体をぬぐって、服を着せる。アリサも、だいぶわかってきて、「ん」とばかりに、手を上げたり、足を上げたりしてくれる。

「偉いぞー、アリサ。アリサも、家族の一員だもんな」

そう言って、頭を撫でてやると、アリサはにこっとした、片手をあげて、「あいっ」と返事をする。マルも風呂場の入り口から中をこわごわとのぞき込み、「なー」とか細い返事をする。


居間に布団を敷いて、寝る準備を整えていると、とーっとアリサがやってきて、抱きつく。ふわふわの髪をした彼女が、「まま！」と叫んで、しきりとまくらをぽんぽんとたたく。どうやら、ここに寝ろと言っているらしい。言葉が出なくても、子どもは子どもなりに、自分の気持ちを伝えるものなんだと、感心することしきりだ。

「いいよ。アリサ、おいで」

言うと、くしゃくしゃっと顔を崩して、わーっと走り寄ってくる。布団に足を取られて、当然のように、アリサは転んだ。それを、急いで受け止めて、布団の上に転がって、友也は笑う。

なんだか、アリサと社長、二人と一緒に郊外にいると笑ってばかりいる。

「ずるいぞ、アリサ。ぼくも、友也の隣がいいのに」

これは、郊外の奇跡だな。社長は、中央都市だったら、絶対にそんなことは言わないのに。

郊外ではぼく、モテモテだな。

布団の中に潜り込むと、左からアリサが、右から社長が入ってくる。きっと二人とも、背中は丸出しだ。アリサにしがみつかれて、社長に抱きしめられた。まだ、熱があるんだろうか。なんとも、彼の体温が気持ちいい。

「ママ！」

「友也」

家族。自分で言ったのに、改めて思う。Sクラスの社長。Aクラスのアリサ。郊外なら、いい？　この、親子の中に、自分も入っている？

いつもは寄ってこないマルが、しきりと鳴いている。自分も混ぜろということらしい。

「めっちゃ狭い。めっちゃ狭いよ」

「むう」

アリサが、布団を乗り越えてくると、社長を追い出そうとする。自分がはみ出るのは、社長のせいであることを、わかってやっているものか、それとも、単に友也を独占したいものか。

「アリサはしょうがないな。いったい、だれに似たんだ。その独占欲は」

そう言いながら、社長は、渋々布団から出て、掛け布団の上から、友也とアリサを抱きしめてくれた。

「これなら、いい？」

「ちゃんと、譲ってあげられて、偉いです」

「だろう?」

彼のことをよしよしと撫でてあげると、その手をとって、頬ずりをしてくる。もう、眠いから。特別だから。

なんとか、自分に言い聞かせようとするのに、心臓は、この胸から飛び出ようとするように、勝手に打ち騒いで、どうしようもなくなっているのだ。

その晩は、布団の上からなでられながら、眠った。

そうされるときに、昨日までのように、抱きしめられたほうが、より彼に近いのに、ほかのだれにでもはない、自分に微笑みかけながら眠っている彼を見ていると、胸がきゅうっと痛くなって、幸せすぎて、このまま、時間が止まってしまえばいいのにと思わずにはいられなかった。

「……終わらなければいいのに」

■08　郊外（四日目）

友也の目覚めはとてもいい。ふっと、水底から浮上するように、目が覚める。そして、そのときに、社長の体温を感じて、口元を緩めた。

また、抱きしめられている。

人は、易きに流れる。

この人の体温を覚えることは、なんて簡単なことなのだろう。

(今日が、始まらなければいいのに)

こんなにもすてきで、そして、そのぶん、憂鬱《ゆううつ》な朝。昨日、とても楽しかった。だからこそ、今日が来なければいいのにと、心から思ってしまった。だって、そうじゃないか。

もろもろの予定を鑑みたら、今日には、帰らないといけない。そうしたら、この関係も終わる。

「起きたの？」

社長が優しく微笑む。

「はい。俺、もう起きますけど、社長は、アリサと一緒にもうちょっと寝てたほうがいいんじゃないですか？」

「あいー」

アリサが寝惚《ねぼ》け眼《まなこ》なのに、返事をした。なんという、プロ根性なんだ。

「アリサはいっつも、すごいなあ」

「ふにゅー」

意味不明なことばをつぶやきながら、アリサはもそもそと布団から這い出し、友也の膝にあがってくる。

子どもって、すぐにくっつきたがるなあ。ふふ。

ぷにぷにと、彼女の頰を友也はつまんでみた。

友也はふっと考えてしまう。

もし、アリサが、人工授精で生まれた子どもではなく、たとえば、社長がだれかを心から愛して、結婚して、作った子どもだったら、こんな気持ちになっただろうか。

自分の気持ちをうだうだとシミュレートしてみる。

違うよなあ。俺は、郊外育ちだし、やっぱり、家族の中で過ごすのが一番だと思っている。そういう俺なんだもの。アリサが社長の奥さんの子どもなんだとしたら、こんなふうに、かまったりしなかっただろう。

アリサには、おかあさんが必要で、そこを埋めたいと思ったんだ。

願ったとおりにはなった。社長はアリサのことを、とってもかわいがってくれるようになった。きっともう、アリサのことを手放したりしない。

中央都市に帰っても、うまく親子としてやっていくだろう。

そこに、自分がいなくても。

ここでなら、友也の助けが必要かもしれない。だけど、それが中央都市だったら？

俺と社長は、クラスが違う。

目には見えないけれど、そこには確実に区別があってそれを俺は超えられないんだ。俺は、地面に転がっている石ころで、ダイヤモンドの羽をした社長が、たまたまここで休んでくれているだけなんだ。

こんなに近くに社長を見ることができた。それはもう、奇跡みたいなものなのだ。文句を言う筋合いでは決してない。ただ、与えられてしまったら、なくなるのが惜しくなる。それだけだ。

——どうしよう。

中央都市で、社長のもとで、秘書を続けるか。

すっぱり思い切って、郊外で第二の人生を始めるか。

まだ、決めかねている。

友也は、冷蔵庫に入れていたゆうべのカレーを温め出す。

カレーの匂いって、なんでこんなにいい匂いなんだろう。

社長と台所にやってきたアリサは、「ほわわわ」と目を輝かせ、よだれを流している。自分もカレーを食べるのだ、ここに入れろと口をあけて主張を始めている。

社長が、うなずいている。

「アリサも、みんなといっしょのものがいいもんなあ」

もうすぐ、これを、俺は、失ってしまう。永久に、なくなってしまう。

「今朝は、これを、チーズカレードリアにしようと思うんです」

「チーズ……カレードリア？」

社長が、首をかしげている。

「はい、そうです。きっと、おいしいと思うんですよー」

そう言って、耐熱皿にのせたご飯に、ちょっとだけ、バターとカレー粉をまぶす。これは、味の馴染《なじ》みをよくするためだ。その上にカレーをかけて、とけるチーズをのせて、オーブントースターに入れた。

アリサの皿には、昨日の残りの子ども用カレーライス、そこに粉チーズをかけて、それらしくする。

「さあ、これでどうだ」

どうか、女王様。ここらで手を打ってやっておくんなせえ。

そんな友也の気持ちが通じたのか、アリサはじっとカレーを見ていたが、スプーンをとって食べ始めた。

そのすきに、できあがったチーズカレードリアを社長と分け合って食べる。

「おいしいねえ、友也。ぼくは、カレー作りの天才かもしれないねえ」

うっとりとスプーンを握りしめてそんなことを言う社長もかわいい。アリサと同じくらいくらい、かわいい。

ああ、どうしよう。

こんな、レア社長との生活も、終わってしまう。

ふっと涙ぐみそうになって、あわててごまかす。

「ああ、そういえば、姉から言われていたんだった。部屋を片付けないとな」

自分の部屋を片付け始めた。

いつでも帰ってきていいと、姉は言ってくれるけれど、いよいよ、この家にも帰るところがなくなる気がする。つらいなあ。出て行ったのは自分なんだから、そんなことを言えた義理じゃないんだけどね。ここに来るまでには、なにも考えなかったけどね。

社長がアリサを連れて、部屋の入り口に立った。

「友也。アリサをちゃんと見ているから、ここに来てもいいか？」

社長がアリサを床に下ろす。

「ママー」

アリサが、甘え声を出して歩きだすが、するりと入ってきたマルがアリサの足下《あしもと》をかすめたので、彼女はすてんところんでしまった。だが、さすがアリサ。それでもまったく意に介していないどころか、笑ってマルの尻尾《しっぽ》を握ると、引っ張った。

社長がたしなめる。

「めっ、だぞ。アリサ。マルが痛いって」

そう言って、手をくるむと、アリサが力を緩めた。マルはアリサから離れて、社長の後ろに回った。

「社長、すっかり、おとうさんの顔になりましたね」

そう言われて、社長は複雑そうな顔をした。

「そ、そう？　それは、いいことなの？」

「もちろんですよ。すてきだと思います」

そう言うと、社長は笑った。

「え、なんですか。どうして、笑ったんですか？　おかしなことを言いました？」

「ねえ、知ってる？　友也。ぼくはねえ、アリサと同じなんだ」

「アリサと？」

そう言って、社長とアリサを交互に見つめる。

「うん。友也の恐い顔でやっちゃだめだって知って、友也にほめてもらって、がんばってきたんだなって。アリサを見ていると、そう思うんだよ」

「いやですよ。社長のおかあさんなんて」

社長は驚いたような顔をした。

「そんなことは思っていないよ?」

アリサは積んである本の中から、友也のアルバムを見つけた。

一枚めくって、そこに友也を見つけたアリサは、ほとんど叫ぶようにして言った。

「まま!　ままね?」

アリサはアルバムをめくっていく。幸いにして、丈夫な台紙だったので彼女の細い指と乱暴な扱いにも、充分に耐えることができた。

自分は机の中のものを出していたのだが、どうしても二人の手元に目がいってしまう。

社長が、友也が生まれてすぐのアルバムを見つけて開いた。赤ちゃんの友也が、素っぱだかで泣いている。おむつをかえてもらっているところだ。いかに幼いときとはいえ、オールヌードだ。

「恥ずかしいから、そこは飛ばしてください」

「なんで?　せっかく、こんなに愛らしいのに」

お宮参り、お食い初《ぞ》め、七五三。初めて行った遊園地、夏にはスイカにかぶりつき、ビニールのプールに入る。姉とゲームの順番を争って喧嘩《けんか》をしているところ、家族揃《そろ》ってのキャンプ、小学校に入学した日には、たっちゃんとふざけあっている。卒業するときにも、たっちゃんと一緒だったけれど、今度は澄ました顔をしていた。高校からは進学校に通い、大学の写真は、ない。大学は中央都市のそれを選び、親には来なくていいと言ったのだ。

社長は真剣に、「こうやって世話されながら、大きくなったんだな」としみじみ言った。

「そうですね。なにせ、ナニーアンドロイドもシッターもいない、こんなところですから」

「友也の歴史が、ここに詰まっているんだね」

そう言って、アルバムをすっと撫でるものだから、まるで自分を撫でられたみたいに感じて、友也はその身を震わせた。もう、まったく、この人ときたら！

「ふう」

アリサが、ふいに立ち上がって、社長に摑《つか》まった。

なにかをこらえるように、渋い、哲学的な顔をしている。このまま、ガンジス川にいたら、悟りが開けそうだと思うくらいに。

「え、なに？　アリサ、どうしたの？」

社長に、友也は指摘した。

「きっとこれ、トイレですよ。連れて行ってください。出たらほめて。すごいほめて」

そう言いながら、友也は、一階のトイレに置いてあった補助便座を持ってくると、二階のトイレにそれをセットした。

社長が慌ててトイレに入ってくる。外で待っていると「す、すごいぞ、アリサ。よくできたな」と、社長が彼女を褒めていた。友也もぱちぱちと手を叩いてやる。

アリサは褒められたことで、「いいことをした」のを理解したらしい。鼻高々な顔で、トイレから外に出てきた。

「ん！」

アリサは、姪《めい》っ子が小さいときに読んでいた絵本を見つけると、それを社長のところに持って行った。

「読めって？　いいよ。むかしむかし、とある森のはずれの家に……」

友也は片付けながら、その声に耳を澄ましている。いい声だなあと聞き惚《ほ》れてしまう。

アリサにも声のよさがわかるのだろうか。たいへんにおとなしく聞いている。童話は、「そうして、いつまでも幸せに暮らしました」で最後になる。

ずっと幸せに暮らしました、か。友也は思う。なんて、うらやましいのだろう。

でも、現実はそうはいかない。いろんな、複雑な事情があって、片方がどんなに好きでもうまくいかなかったり。両想いになっても、すぐにあきてしまったり。

そんなことを思っていると、二人がベランダに出て、耳を澄ましていた。

お祭りのお囃子が聞こえてくるのだ。

アリサは、そわそわしている。社長も、なんだか落ち着かない。似たもの親子だ。

――違うな。

ここで過ごしている間に、どんどん似てきたのだ。そういう気がする。

友也は話しかけた。

「社長、お祭り、今日が本番ですよ。行ってみますか」

「身体の調子はいいのか？　むりは、しないほうがいいぞ」

「もう、動けますよ。でも、アリサのおもりをしてくれるとうれしいなあ」

「するよ。します」

「友也くん！」

下でだれかが手を振っている。その女性が、たっちゃんのおかあさんであることに気がついた。昨日、預けられていたアリサも「あー！」と大興奮している。たっちゃんの家では、よほどかわいがられたらしい。

下までいくと、おばさんは「アリサちゃーん！」と彼女を抱きしめていた。アリサもすっかり懐いていて、「うっきゃー」とはしゃいだ声をあげている。

社長が頭を下げる。

「昨日は、どうもありがとうございました。カレーも大成功でしたよ。のちほど改めて、お礼にうかがおうと思っていたんですが」

社長の腰が低い。

「いいのよ。子育ては慣れないうちは、たいへんなことばっかりでしょう。たまには、肩の力を抜かないとね」

おばさんは、昔を懐かしむような目をした。

「でもねえ。こんなこと、過ぎたことだから言えるんだけど、今がいちばんいいときなのよ。なんてね。私も、そう言われたときには、こんなにたいへんなのにって思ったけど、あとからわかるのよね。ときには、肩の力を抜いてね。うちでよければ、いつでも預かるから」

「はい」

そう返事をしてしまった。アリサは、自分の子ではないし、彼女が二度とここに来ることもないのに。

友也はすっかり母親気分だ。しょうがないではないか。

心を込めてお世話したのだ。だから、かわいくなってしまうのは、しかたないのだ。

「ああ、そうそう。これをね」

おばさんが、いそいそと玄関の上がりはなに置いた風呂敷包みから出したのは、浴衣《ゆかた》だった。

「うちの人と達夫《たつお》のおふるで悪いんだけど」

「でも、おばさん。アリサのは……」

どう考えても新品だよね。おばさんはむきになった。

「いいじゃない、着てくれても。昨日の子守代だと思って、着てよ。着付けてあげるから。それで、お祭りに行ってちょうだい。達夫が、なんだか、友也くんに来て欲しくてしょうがないみたいなのよね。あの子は、昔から、友也くんのことが、大好きだったから」

そう言われて、「あれ、そうだっけ」と、きょとんとした。

「そうだよ。なんだ、友也は気がついていなかったのか？　あんなにわかりやすいのに」

そう、社長にまで言われて、混乱する。そういえば、帰るごとに、たっちゃんは浅野家にやってきた。それは単に、普段から交流があるせいだとばかり思っていたのだが、そうではなかったとしたら？　たっちゃんは、自分が帰ってきたことを見計らって、会いにやってきたことになる。

「うわー」

社長のことを、まったくもってどうこう言えないではないか。人って、自分があまり意識していない好意に関しては、こんなにも鈍感だ。

「あのさ、おまえ、痩《や》せただろ。心配なんだよ。こっちに帰ってきたら？　奨学金、まだ残ってるのか？」

「それはもう、返還し終わった」

「じゃ、いいじゃん。無理すんなよ。こっちのほうが給料は安いけど、物価も安いだろ」

「無理はしてないよ」

「でもさ、こっちにいたら、俺が助けてやれるじゃん」

「え？　あ、うん。ありがとう……？」

今まで、たっちゃんと交わした会話を思い返して、顔が赤くなる思いがする。

ありがとう、たっちゃん。でも、やっぱり、自分は……——


「じゃ、着付けちゃうわね」

そう言うと、たっちゃんのおかあさんは、てきぱきと手早く三人分の浴衣を着付けてしまった。

「す、素早い」

「これでも、着付けの資格持ってるのよ」

社長と友也は互いを見た。

「友也、よく似合う」

「社長こそ」

たっちゃんのおかあさんの見立ては間違いがない。社長は、紺の絣《かすり》、友也は白に縦縞《たてじま》だった。アリサの浴衣は、ピンクを基調として、金魚が泳いでいる華やかな柄だった。

縁側にあった母親が使っていた化粧台の姿見に、アリサを映してやる。アリサは、鏡の中に映っている、この華やかな衣装を着た女の子が自分だということに気がつくと、「ふわー」

と感嘆の声をあげて、手足をばたつかせたり、もっと近くに行ってよく見ようとした。

「女の子だなあ」

社長と友也は顔を合わせてにやにやしてしまう。

アリサが、しきりと姿見を指さす。

「そうだね、アリサだね。世界一、かわいい子だね」

そう言って社長がアリサを抱きしめる。

「かわいい、かわいい、アリサちゃん」

社長が言うと、アリサは、「あい！」と言って片手をあげ、自分の芸達者なところを見せてくれた。

「あらあら。やっぱり、パパとママの前では、かわいいことをしてくれるのねえ」

そう、言われてしまった。パパとママではないという突っ込みを入れる気力はなかったので、スルーしたが、アリサの態度が違っていたというのは、初耳だ。

「そちらでは、違っていましたか？」

「そうよー。違っていたわよー」

たっちゃんのおかあさんはそう言った。

「それはそれはおとなしく、いい子にしてたわよ。子どもって、ほんとに敏感で、ごまかしが利かないものだから。はしゃいじゃだめって思ったんでしょうね。いたずらは、安心している証拠だわよ」

そうか。マルと同じだなあ。なにかと絡んでくる、忙しいときに限って遊べと要求するマルも、最初のうちは、そんなことはしなかった。この人たちは、いつここから自分を追い出すんだろうと、物陰に身をひそめていた。マルが、家族の前でごはんを食べるようになったのは、もっとずっとあとのことで、障子を破いて叱られたのは、さらにあとのことになる。

安心できると思ったんだろうなあ。

まあ、自分だって、実家に帰ってくるごとに熱を出してひっくり返っていたのだから、人のことは言えない。

「浴衣には、髪が少し長いかしらねえ」

たっちゃんのおかあさんは、社長に対してそう言った。

「あ、じゃあ、なにか探してきます」

見つけたのは、姪っ子の髪を結う飾り紐《ひも》で、それを持って行くと、おばさんが、社長の髪を後ろで緩く縛ってくれた。ほつれ毛が、整った顔を縁取る。

——かっこいい。

変なやつだと思われる心配さえなければ、思い切り写真を撮りまくるのに。

ゆっくりと、時刻は夕方にさしかかろうとしていた。

オレンジの日が、よりいっそうのぬくみを見せて、郊外の町を照らし出している。その中を勝手な鼻歌を口ずさんでいるご機嫌な女王、アリサをベビーバギーに乗せて、それを社長が押して坂道になっている参道を上っている。

そして神社まで、辿《たど》り着いたとき。

「あー！」

アリサの目が輝いた。露天商が立ち並んでいて、浴衣を着た男女が、神社の参道にひしめいている。親子連れもいて、そういう人たちは、互いにはぐれないように、しっかりと手を繋ぎ合っていた。

夕涼みがてらの老夫婦が、露天商を冷やかしながら、近くを通り過ぎて、社長がそれを振り返る。

「いろんな人が、いるんだね」

「そうですね」

郊外には、中央都市とは異なり、様々な世代が住んでいる。

たしかに、ライフステージによっての中央都市の棲《す》み分けは、合理的だ。

その年齢や、置かれている立場によって、優先するものが違う。子どもがいる世帯なら、幼稚園や学校や小児科の二十四時間体制の病院が欲しいだろう。

老人であれば、段差のない施設や、在宅医療のためのバリアフリー住宅、高齢者専門の病院で、リハビリもできたらなおいいだろう。

高齢者だけ、単身者だけ、子育て世帯だけ。快適な環境だ。

反して、ここにあるのは、ごった煮の賑《にぎ》やかさだ。

「言っておきますけど、郊外だってそれなりに進歩をとげてはいるんですよ。たぶん。ただ、昔からの……――下手《へた》をすると、何百年も受け継がれてきた古い習慣やしきたりが、それを阻害しているだけです」

でも、それは、悪いことばかりじゃない。ぐちゃぐちゃのごった煮的社会の中には、隙間があって、友也は、それがあるおかげで呼吸ができる。

「あう！」

あまりにも人がたくさんいるので、周囲がよく見えないらしい。アリサ女王が、抱っこをせがんだ。

「アリサ、ここで抱っこは」

「大丈夫だよ。こんなこともあろうかと思って、マザーズバッグに抱っこひもを入れてきたから。友也、背中から、取ってくれる？」

「なんて準備がいい……」

ここに来る前、中央都市では、抱っこしたアリサがひっくり返りそうになっておっかなびっくりだったのに。あのときの社長と同一人物とは、とても思えないです。

抱っこひもは一番上にあった。それを取り出して、社長の浴衣の上に装備する。それから、アリサを抱かせると、彼女は社長の腕の中で、前に抱えられたまま、伸び上がった。

「あう！」

「あらー、社長さんたち」

声をかけられて振り向くと、砂場でスコップを貸してくれたおかあさんだった。お子さんをバギーに乗せて、だんなさんが隣にいる。

「あ、こんばんは」

「こんばんは。このあいだはお世話になりました」

え、あれ？　ちょっと待って。社長。社長が、挨拶をした。ごく、ふつうに。貼りついた笑顔ではなく。ほんとに、ふつうに。

「こんばんはー。あら、アリサちゃんは、社長さんとママとお揃いで浴衣なのね。よかったわねー」

「この子が、お祭りの音が聞こえてくると、行きたくて騒ぐものですから」

社長はしれっとアリサのせいにしているけれど、わくわくそわそわしていたのは、社長もだからね？　親子揃ってだからね？

「みんな浴衣で、仲がいいのねえ」

そう言ってからかわれて、顔が赤くなる。嬉しいのはしょうがない。だって、憧れの社長、ぜったいに手の届かないダイヤモンドの蝶が、こうして近くにいるんだもの。

「そうなんです」

ちょっと待って。社長は少し、嬉しそうに見える。はにかんだ笑顔に、こちらが照れてしまう。頬も熱くなる。

「もう、あんまりからかうと、困ってるだろ」

「ああ、ごめん、ごめん。二人があんまり仲がいいんで、つっつきたくなっちゃっただけ。じゃ、お祭りを楽しんでね」

まだあっつい頬を片手で押さえつつ、友也は、からのベビーバギーを押した。

「色んな人がいるんだね」

「そうですね」

「あ！」

アリサが、何かを見つけたらしい。必死に指をさす。

「なに？　どうしたんだ？」

友也はそちらを見つめた。そして、彼女が言わんとしていることを察する。

「あの、熊《くま》のぬいぐるみが欲しいんじゃないでしょうか」

それは、射的の景品になっている熊のぬいぐるみで、射的の屋台の一番奥に、でんと鎮座していた。

「そういえば、今日読んだ絵本に、熊が出てきたな」

本物の熊からは、すぐに逃げて欲しいけれど、ぬいぐるみの熊さんと仲良く遊びたいというアリサの気持ちは尊重したい。

「社長、あれ、とれないですかね」

「エアライフルはやったことがあるけど、この手のは……」

子どもは鋭い。そして、自分の欲望には忠実だ。アリサは、前向きでカンガルー抱っこされていたのだけれど、くるりと社長を振り向くと、そのつぶらな瞳を向けた。さすがアリサ女王。自分のお願いを誰にぶつけたらいいのか、ちゃんとわかっていらっしゃる。

「あう！　あい！　あえ！」

彼女はひたすら、熊のぬいぐるみを指さして、自分の欲するものを伝えようとする。

「おおーっ！」

社長と友也は二人して、感動してしまった。

「うーん、アリサにそこまで言われてしまってはね。やるしかないよね」

そう言ったかと思うと、射的の親父《おやじ》に金を渡して、アリサとマザーズバッグを友也に預ける。社長は、コルク銃を一丁、慎重に選んだ。

「これで、あれを撃てばいいんだよね」

「言っとくけど、あんちゃん。ぐらぐらするくらいじゃだめなんだぜ。完全に下まで落とさないとな」

「下まで、ね」

社長は、真剣そのものの目つきになった。

はあ。かっこいい。ぎゅっとアリサを抱きしめる。アリサも、社長を見つめている。

「アリサ、パパを応援してあげようね。がんばれーって」

「ばえー？」

すごい。アリサはやはり、天才だった。

「そうそう、そうだよ。よくできました。がんばれー！」

「ばえー！」

一発目。弾は大きく外れた。

「うーん」

社長はうなずいている。

「ねえ、これって、調製しちゃだめなんだよね？」

「調製だあ？」

「そう。これだと、空気がコルク弾を叩くとき、歪んでいるから、まっすぐ飛ばない。少し削って、まっすぐ飛ぶようにしてやれば、精度が高くなるのに」

射的屋の親父は「けけっ」と笑った。

「そんなんしたら、商売あがったりだあね」

「うん、わかった。その気はないってことだね？」

社長は不敵に笑った。

ああ、俺の好きな顔だ。

友也はぞくぞくしていた。この顔をするときには、社長が全力で相手と戦おうとするときだ。美しくて、まぶしくて、いさぎよい。

「ママ？」

「見ててごらん。パパは必ず、熊さんをとってきてくれるからね」

「ふんぬ」

アリサは、その頬を膨らませて、成り行きを見守る。

「じゃあ、角度を変えてみるとするか」

言うが早いか、ぐっと身を乗り出して、社長は一発、弾を撃った。弾は、熊のぬいぐるみのお腹に当たったのだが、微動《びどう》だにしなかった。

「ふむ？」

社長は「うーん」と考えながら、角度を何回か変えている。ぐっと身を乗り出し、仔細《しさい》に観察している。

「あんちゃん。ほらほら、いい加減に次を撃ちなよ。一人一回三発。それ以上はまかんないよ」

「うん」

いつの間にか、人が集まりだしていた。無理もない。何度か構え直すその姿の美しさは、人目を引く。社長の姿を携帯端末で撮影している女性もいる。

うらやましい。

自分だって撮りたいのに、その写真を引き取りたい。高値で買う。

「うん、わかった」

注目されているときの社長は、生き生きしている。生まれたときから、ずっと、注目され続けてきた社長ならではだ。

――かっこいい。

まったくためらいのない、パンという小気味いい音が響いた。それは、熊の左側面に当たった。射的屋の親父が、しまったという顔をする。熊は落ちた。だが、なんということだろう。それは、不自然にぶら下がった。熊は、首輪のうしろで、射的の台に結びつけられていたのだ。決して落ちないことになっている。

「落ちたぞ」

「いやあ、落ちてねえ」

「あれじゃあ、むりだろう」

「むりなら、あきらめな」

周囲の見物人たちがこの騒動に加担して、口々に不満を申し立て始めている。

「ちょっと、おじさん、あこぎじゃないの」

「そうよ、もう、落ちてるでしょ」

「この人にやんなさいよ」

射的屋の親父は、言い散らかす。

「うるせえな。この熊がなくなっちゃあ、商売はあがったりなんだよ」

「ずるいー！」

社長が、にっこり笑った。

「落とせば、いいんだね？」

友也は悶絶《もんぜつ》しそうだった。

この顔が好きだ。

社長は、ものすごい負けず嫌いなのだ。針穴に糸を通すような、ほとんど奇跡の挽回劇を、何回も見せてくれた。だれもがあきらめているなか、この人だけがその突破口をわかっているとき、いつだってこんな顔をしているんだ。

生き生きしている。悪い顔なんだけど、子どもみたいでもある。魅力的な顔だ。この顔を、こっちに来てから、自分は見ていなかったことに友也は気がついた。

この顔を見た瞬間に、自分がこの男に囚われてしまったことを、友也は思い出していた。

——好き。この人のことが、大好きだ。

ほんとにふしぎだ。こっちに来たそのときには、もう自分はくたくたで、社長のことなんて、もう二度とごめんだと思ったのに。たしかに、そう、思っていたのに。

自分の気持ちを再び燃え上がらせてくれて、テンションを爆上げしてくれるのも、これまた社長だったりするのだ。

自分のすべては、この人に支配されてしまっている。この人の近くで、この人を助けて、この人の仕事を支えることができる。この人の秘書であることは、自分にとって、天職であり、人生の喜びだ。

人から見たら、馬鹿みたいな、そんな思いだけど。

この人が自分に振り向くことなんて、この先もきっときっとないだろうと断言できてしまうけど、この人が大好きだ。この人こそが自分の太陽だ。

恋とか愛とか、そういうものを超えて、この人の側《そば》にいよう。支えていこう。この人に、人生を共にする相手が現れたとしても、まるごと支えていこう。

そう、友也は決心した。

きっと、これは、崇拝とか尊敬とかそういうものだ。だけど、恋よりきっと強い感情だ。

ああ、社長から離れるために、この郊外の故郷に帰ってきたはずなのにな。結局は、この人への強い気持ちを、再確認しただけだった。

もう、自分は、迷わない。ずっと一生、この人の隣にいる。その場所はだれにも渡さない。

「ね、アリサ、見ててごらん」

腕の中のアリサにささやく。

「これからがすごいんだからね」

アリサはわかったのかわからないのか、友也に向かって「あいっ」と元気に返事をした。

彼女の視線は、銃を何度か構え直す、社長に向いている。

「あともう一回分、もらえる？」

「はいよ、三発ね。何度やったって同じだって。頑丈に結んであるんだから、とれねえよ。ほかのなら、兄ちゃんの腕に免じて、やるからさ、それでなんとかあきらめなよ」

「そういうわけにはいかないな。娘があれが欲しいと言っているし、うちの秘書がめちゃくちゃ期待してこちらのことを見ているんでね。応えてあげないと、だめでしょ」

ふふっと彼は笑った。

娘と、そして、秘書のためにと。そう言った。秘書って、ちゃんと、言ってくれた。

社長は銃口を台の足下に向けて、撃った。

台は、不安定な地面の上に立っている。

まともに命中して、台が揺らぐ。

「おい、おいおい……」

射的屋の親父の顔にあせりが見える。

「いいぞー、あんちゃん、やっちまえ！」

「ひきょうな手をぶっとばしてー！」

「行け行けえー！」

周囲の観客が騒がしくなってきた。こういうときにこそ、社長は超然としていて、最初からこの舞台が決まっていたかのように、主役の貫禄で、堂々としているのだ。手を持ちかえる。社長は、両手利きなのだ。

かっこいい、かっこいい。

「ばえー！」

「できます、あなたなら」

そう言った二人の声が届いたものか、社長はこちらを向いて、にこっと笑った。

友也は、アリサの髪に顔を埋めた。そうしないと、歓喜の悲鳴を上げてしまいそうだった。

天にも昇る心地とはこのことだ。

応援の声がひときわ大きくなったので、顔を上げて社長を見る。

社長が、左手で銃を構えると、下方に狙いを定める。軽く引き金を引く。さらにもう一発。

台が、大きく傾いた。

「あああああ――――！」

射的屋の親父の悲鳴が、歓声に混じって、響く。

熊のぬいぐるみの乗っている、粗末な木の台は、そのまま、どうっと倒れていった。

社長は、銃を親父に返した。

「落ちたよ」

「はーあ。お客さんにはかなわないや」

射的屋の親父は、社長に言った。

「わかった、わかった。ほらよ、持ってきな」

そう言ったかと思うと、射的屋の親父はかがみこみ、熊のぬいぐみを拾った。軽くはたいてから、社長に渡す。

「ありがとう」

「あーあ、商売あがったりだーね」

嘆く親父の手に、社長が札を握らせる。今日の売り上げには十分な額だった。

「え、え？」

「チップだよ。でも、次からは、フェアプレーをお願いしたいな」

社長にそう言われて、射的屋の親父は、その札を握り込んで、心からほっとした顔をした。

「お、おう、まかせておけよ。また来いよな。あんちゃん」

「うん、アリサがここの射的の景品を欲しいと言ったらね」

社長は、最高の笑顔で帰ってきた。そして、アリサに、熊のぬいぐるみを見せる。

「ほわー！」

アリサは、空気を読める子だった。素早く、社長の頬にキスをする。彼女なりの精一杯の感謝の気持ちだったのかもしれない。

「おお！」

社長が頬を押さえて感激している。

「友也、見た？　見てくれた？　アリサが、ぼくに、キスしてくれたよ？」

「ええ、見ていましたよ。アリサも、社長がたくさん、がんばってくれたことをわかっているんだと思いますよ。だって、すごく……かっこよかったですもん」

社長の機嫌が、最上級にまで浮上する。

「そう？　そうかな？　まあ、そうだよね。ぼくは、かっこいいからね」

「はい」

「友也もそう思った？」

「いつだって思っていますよ。あなたが、一番だって」

「うふふ」

さきほどまでの少し憂鬱そうな顔は、どこへやら。社長は、ベビーバギーに熊のぬいぐるみを乗せると、アリサを抱っこした。

それから、三人で、屋台を冷やかす。

りんご飴にたこ焼きにフランクフルトに焼きトウモロコシ。

なんてすてきなんだろう。

この日のことを、一生、忘れないだろうと友也は思う。境内の外れに、社長とアリサ、そしてベビーバギーを押した友也は移動した。ここまで来ると、あまり人はいない。久しぶりの混雑と人いきれに若干疲れ気味だったので、友也は安堵《あんど》した。

「お祭りって、楽しいねえ。こういうのも、悪くないな。ね、アリサもそう思うでしょう?」

当のアリサは、社長に抱っこされて眠っていた。

「ふふ、はしゃぎすぎて、疲れちゃったかな。よく寝てる」

その顔が優しい。くーっとなりつつ、友也は答える。

「そうですね。社長はどこにいても、光り輝いているなあって思いました」

「あ、やっぱりー?」

謙遜《けんそん》とは縁遠い存在である社長は、そう言って微笑んだ。

「うん、ぼくもそう思うんだよ。ぼくは、どこにいても、輝くよね」

「はい」

でも、やっぱり。

「それでも、やはり、一番似合うのは、中央都市だと思います。社長は、もう、中央都市にお帰りになるべきだと思います」

社長が、厳しい顔になった。うつむき、なにかを言いあぐねている。

言いあぐねている？　あの、社長が？　いったい、どうしたというのだろうか。

「社長？」

「友也」

社長が、おそるおそる、聞いてくる。

「友也も、いっしょに帰ってくれる？」

友也は微笑む。そんなことを、心配していたのか。

いや、ここに社長とアリサが来てくれなかったら、もしかして、こんな気持ちにはなれなかったかもしれない。でも、今は、違う。

「あたりまえでしょう。秘書ですから。社長がいらないって言っても、ついていきますよ」

「いらないなんて、言わないよ。どうして、そんなことを思うの？」

「だって、こっちで、倒れてしまったじゃないですか」

虚弱なのは、Gクラスの証明だ。

「あれは、ぼくのせいだろう？　ぼくが、むりやり、おまえの安息の場である郊外のおまえの実家に押しかけたからだろう？」

はははと乾いた笑いになってしまう。まあ、それはそうなんだけどね。でも、社長が来てくれなかったら、こんなに元気になっていなかったと思うから。

社長がアリサの髪に顔を埋めて言う。

「おまえは有能で、ぼくのことをなんでもわかってくれて、使えるやつだ。おまえが離れてこっちに行ったときには、不安でしかたなかった」

「光栄です」

「それだけじゃなくて。ぼくは、おまえって人間を、もっと大切にしなくちゃならなかった。おまえのことを、離したくない。かけがえのない人間なんだ。ぼくは……——おまえに、ひどいことをしていた。それでも、ぼくを、選んでくれるか？」

今日の社長は、いつになく弱気だな。

「はい。今回のことで、社長の意外な面もたくさん知りましたしね。これからは、もっともっと、よりよく社長に仕えていけるんじゃないかと思います」

いいんだ。

それで、いいんだ。

先ほど、天啓があった。社長のためにがんばろう。

「よかった。友也」

社長が、片手をこちらに伸ばしてきた。その手が、後頭部にふれる。

「はい？」

そして、身を斜めに傾けると、彼の唇が、自分の唇に重なった。


キス。

今、キスしたよね。


秘書として帰る話をしてて、なんでそうなる？

「これからは、だいじにする。一生、友也一人だけだから。アリサと三人で、家族になりたいんだ」

ちょっと待って。なんで、そういう話になるの？

あなたと俺は社長と秘書。そういう関係でしょう？

家族とか、そういう言葉が、どうして出てくるの？

「なんで、キスしたんですか？」

社長が、びっくりしたように言った。

「好きだから」

「は？」

混乱が、怒濤《どとう》のように押し寄せてくる。今までのカオスなんて、軽く凌駕《りょうが》するほどだ。

なにか、なにか、言わなくては。

「相手が好きだからって、承諾を得ないでキスするのは、セクハラです」

女性に手が早いのは知っていたけれど、社長は、セクハラだけはしないと思っていたのに。だいたい、社内の人間は範囲外だって前に言っていたじゃないか。

「だって、おまえ、ぼくのことが、好きなんだろう?」

社長の言葉が、ハンマーのように、この頭をぶち抜いた。


なんだって?

今、何を言った?


ハアハアと呼吸が荒くなる。心室細動が起きそうだ。足がガクガクしている。腰が砕けてしまいそうだ。深呼吸して、足をしっかり立て直す。

「いつから?　いつから知ってたんです?」

社長が、戸惑ったように、答える。

「いつって言われても……。前々から、好意を持たれているのは、わかっていたけど。だって、おまえの手帳には、ぼくに何を言われたとか、服を買ってもらったとか、おにぎりを食べたとかいう記念日が記されていたし……」

「手帳の盗み読み、反対！」

あの手帳は、ぜったいに社長の前で開きっぱなしにしたりしなかった。わざわざ取り出して、開いてみたりしないと、わからない。

「あのときは……自分の予定がわからなくて……おまえは、ちょうど席を外していたし、おまえなら、メモしてるかなって……」

社長は、しどろもどろに言い訳している。

「それに。このまえのパーティーの晩。眠れないんで、一人で帰ってきたんだけど、フロアに降りてみたら、まだだれかいたから……見たら……木村さんと友也がいて……それから……」

それから先を聞きたくない。

「そうしたら、友也が……ぼくの、アンドロイドに……キスを……」

恥ずかしすぎる。あれを、見られていたなんて。

「忘れて！　忘れてください！」

「いやだよ。忘れないよ。友也がぼくを好きでうれしいから」

「だから、もうやめて」

「確認したいんだ。あれは、ぼくにだよね？」

「へ？」

「あの、幼なじみにじゃ、ないよね？」

「たっちゃん？　なんで？」

「だって、おまえはぼくと彼が似てるって言ってた。仲がよさそうだったし」

「違いますよ。俺が恋しているのは、社長です！」

一番太鼓が鳴り響いた。

言ってしまった。

言わないつもりだったのに。

崇高な気持ちに切り替わったんじゃなかったのか。もう、恋なんて、そんな下賤《げせん》なものとは一線を画した気持ちにハレルヤと移行したのではなかったのか。それなのに、もう一度のキスをされて、心臓が、盛大に、一番太鼓も真っ青な響きを繰り返している。

「こっちに来て、アリサと友也と過ごして、ぼくはこんなにのびのびして、楽しかったことはないよ。ずっと、ぼくは一人だったんだね。それに初めて気がついたんだ。友也だけが、ぼくを家族にしてくれるんだ。ぼくとアリサと友也、三人でこれから暮らしていこうよ。きっとうまくいくよ。ぼく、これから、友也をだいじにする。アリサを引き取って面倒を見てみようと思ったのだって、もし、友也がぼくが娘を引き取らなかったら、いやがるかなって思ったからなんだよ。だって、あんなに結婚とか、家族を大切にしている友也なんだもの。がっかりするかな、もしかしたら、怒るかな。ぼくのことを嫌いになっちゃうかなって考えたからなんだ。ねえ、友也。中央都市に帰ったら結婚しよう。そうだ、おまえの家族の許しがいるんだったね。だったら、今すぐ、ご家族のいらっしゃる温泉地まで行こうよ。そこで、ぼくは、おまえの家族とも家族になって、それから……」

それは、たしかに自分は社長に、身に過ぎた望みをいだいていた。

でも、それはしかたない。

有能だと信じていた自分が、しょせんは感情の生き物で、身体的にも劣るGクラスだと夢打ち砕かれ、現実を知って、打ちひしがれて、でも、そこを救ってくれて、そのままでいいよって言ってくれたんだもの。それでもって、こんなにかっこよくて、そのくせ甘え上手なんだもの。好きになるだろ。

だけど、それが現実になるなんて、「あり得ない」。ときに苦しい思いをしながらも、やっと、その事実を飲み込めたのに。

今さら、そんなことを言われても、困る。

「ないです」

社長が驚いている。

「ない？　ないってどういうこと？」

「そんなこと、あり得ないんです」

社長がきょとんとしている。

「でも、ぼく、言ったよね？　言ったの、聞いてなかったのかな？　じゃあ、もう一回、言うね。ぼくも、友也のことがす……——」

「そんなこと、言わない！」

す、で、社長の口が固まっている。

「ふ、ふえ……？」

社長の腕の中で眠りかかっていたアリサが、目を覚ましてこちらを見た。

「ママー？」

「そんなこと、あり得ないんですよ。俺はGクラスで、社長はSクラスで、郊外出身の石ころと中央都市の生粋《きっすい》ダイヤモンドと。そんなの、あり得るわけがないでしょう。やめてください」

「石ころとか、ダイヤモンドとかって、なに、決めつけるの？　ぼくが、なんてことのない、ふつうの男だってことぐらい、おまえが一番よく知ってると思うけど。おまえに恋をして、求愛しているただの男なんだよ」

「認めない！」

社長が、たいへんにびびっている。

「え、どうしたの、おまえ？　なにか、怒ってるの？」

「社長をそんなふうに言うなんて、社長自身でも、認められません！」

わかっている。自分でも言っていることが、めちゃくちゃなくらい。でも、でも。今まで、社長に抱いていたばかでかい感情が、三倍になって、返ってきたのだ。

嬉しいとか、やったねとか、とてもじゃないけれど、そんなふうには思えない。

押しつぶされる。

処理落ちする。

自分という存在のブラックボックスが計算をあきらめて、ひたすらに暴走を始めている。

どこかエスケープボタンを、いや違う。リセットスイッチを押さないと、これは止まりそうもない。

「うわ――――っ！」

友也の大声に、アリサが目を覚ます。

「ふにゃ？」

「アリサー、恐くないからねー」

友也はベビーバギーをその場に置いて、走り出した。参道を、人にぶつかり、舌打ちされるのも構わず、どこまでも走って行く。社長が追いかけてこられないように、階段を使って、下った。途中、足がもつれて、階段を踏み外し、転げ落ちた。

「きみ、だいじょうぶ？　今、すごい音がしたけど」

通りかかった浴衣のお姉さんが、うろたえていたが、「だいじょうぶです」と言い張って、ゆらりと立ち上がった。

足をすりむくなんて、いつぶりだろう。

浴衣を汚していないといいいんだけど。そう思いながら、家に帰ると、灯《あか》りがついている。

まさか、社長が先に帰ってきたのか。だが、いかにダイヤモンドの蝶々《ちょうちょ》である社長でも、空を飛ぶことは不可能だった。

「あらー、いたいた。留守番、ご苦労様」

呑気《のんき》な顔をした姉が、自分を迎えてくれた。

「え、ちょっと。あんた、どうしたの。その怪我」

「お医者、お医者に」

義兄が慌てふためいている。姪っ子が心配そうに聞いてくる。

「友也おにいちゃん、喧嘩したの?」

ここに、もうすぐ社長が帰ってくるのは、わかりきっていることだ。友也はいそいで、着替えた。スラックスに血が滲《にじ》もうとも、構うことはなかった。

「なに、どうしたの」

「中央都市に帰るから。姉ちゃん、この浴衣、クリーニングして、お隣に返しておいて。クリーニング代は払うから」

「そんなの、いいけど。カニ、食べないの？　せっかく買ってきたのに」

「いらない！」

「ちょっと、あんた」

怪我をしていたのに、そしてあんなに混乱していたのに、どうしてあれほど素早く動くことができたのか。自分でもふしぎなくらいだった。友也は、自室の片付けもそのままに、すべてを中途半端なままにして、とにかく全速力で中央都市に向かった。

そして、マンションの自分の部屋にこもると、その場で、会社にネット経由で辞表を提出した。

俺は空気、俺は空気。

友也は繰り返す。

ベッドに潜り込んで丸くなって、決意する。

だれが来ても、ぜったいにぜったいにぜったいに会わない！

■09　フォースクエア

それから数日の後。

宇喜田《うきた》光太朗は、わが娘、アリサを抱っこして社長室にいた。

「なんで……こうなったんだろう……」

アリサが、無邪気に「んだ？」と相槌《あいづち》を打つ。

「ねえ、どう思う？」

愚痴《ぐち》る相手は木村である。木村からしたら、いきなりおそれていた社長秘書復帰となった自分こそが、愚痴りたいくらいだ。

だが、それを言ってもしょうがないので、ぐっとこらえた。

無言が、木村の精一杯の主張である。

「すぐに追いかけたかったけど、ベビーバギーがあるから、坂道側を使わないわけにはいかず、遠回りになって、さらにアリサを抱っこしているから、走ることもできないし。帰宅したときには、友也はもう出ていて、ご家族に事情を説明することになって、そうこうするうちに辞表が提出され……」

「どうしてか、わからないんですか？」

社長が、木村に向き直ると、主張する。

「だって、向こうがぼくを最初に好きになったんだよ？　こっちも、今までみたいな遊びじゃなくて、ちゃんと真剣に、末永くつきあいたいって思って、結婚したいって言って……どこに断られる要素があるの？　嬉しいでしょう、ふつう。郊外の絵本なら、『末永く幸せに暮らしました』っていうくらいでしょ」

木村はあきれる。

「友也くん、気の毒すぎるわ……。社長のアンドロイドくらいにしか、本音を言えない子なのに」

そりゃあ、友也は社長のことを好きだっただろう。それは、疑いようのないことだ。

だが、あくまでも、それは、憧れに近いもので、具体的にどうこうは、考えていなかったのに違いない。

友也にしてみたら、映画を見てスターにきゃあきゃあ言っていたら、本人が銀幕から出てきたようなものだ。もしくは、コンサートに行っていたら、アイドルが自分の手を取ってプロポーズしてきたみたいな。じゃなければ、グラビアから、好きなアイドルが出てきて愛の告白をしてくれたような。

とにかく、次元を超えてきたレベルの出来事であろう。

気の毒すぎる。

「社長、友也くんをでかい感情で殴りすぎです」

「じゃあ、どうすればよかったんだよ」

「んな?」

アリサが床に下ろせと主張する。

社長は、部屋の片隅に作られた、ゲートで囲まれた子ども用のコーナーにアリサを下ろした。そのゲートの中には、アリサよりも大きな熊のぬいぐるみがいて、つぶらな瞳で彼女を見ていた。

「きゃうー！」

アリサはいさましく、熊に向かって突進すると、倒してみせた。彼女は、社長のほうを見る。この快挙を褒めてほしいのだ。だが、彼はアリサを見ていない。

「ぶう」

アリサはむくれる。

木村は社長に主張する。

「もうちょっと、ゆっくり、時間をかけてあげないと。友也くん、パンクしちゃいますよ」

社長はデスクで頭を抱えている。

「いつまで……？　いつまで、待てばいいの？　いっそ、今すぐ、友也のうちに行って、身柄を拘束して……」

そう言ったので、木村はあきれた。

「どう考えても、事態を悪化させるだけでしょう。友也くん、あれでもって頑固だから、一生、社長になつきませんよ」

「あああ……。いったい、どうしたら」

そうして、堂々巡りに陥っている。

アリサがベビーゲートを揺らしながら、呼ぶ。

「ままー？」

室内には、おとなしそうな女性がいる。髪をアップにした彼女は、ナニータイプのアンドロイドなのだ。

「あらあら。いけませんよ」

ナニーアンドロイドがそう言いながら、アリサの身体を抱き上げる。

「おむつは大丈夫ですね。お腹がすきましたか？」

そう言いながら抱き上げてくれたその人が、自分が求めている人物ではないことを、察知して、アリサはさらに呼んだ。

「ままー？　ままー？」

次第に、泣き声になってくる。

「ままー……！」

友也を、呼んでいるのだ。木村は思い返す。

「友也くん、もとからママっぽいところ、ありましたもんね」

「アリサ、なんて不憫《ふびん》なんだ」

社長は涙目になって、立ち上がると、アリサを抱きあげる。

木村は心の中で盛大にツッコミを入れる。

原因を作ったのは、そもそもが、あんたじゃろうがい！

こいつは。

この、生まれついてのダイヤモンド、盛大に小ずるい男は。

友也が、自分に好意を抱いていたのくらい、わかっていたはずだ。そして、彼のことだから、自分に火の粉が降りかからないように、釘《くぎ》を刺していたと思われる。どこにも羽を休めたくない。ひらひらと、いつまでも、風に乗って漂っていたい。そういう気持ちだったはずだ。それが、今さら、宗旨を変えると言ったところで、今までのやり方でやることになれきっている友也が、急に方向転換できるとはとても思えない。

「都合がいいからって友也くんの気持ちを見ないふりをして、こき使ったのが、今の結果ですよ。いいから、早く次のアイデアを出して下さい」

フォースクエアのアンドロイドたちは、ほとんどが社長のアイデアから生まれる。秘書は粛々とその実現に向けて調整するのみだ。

「そんなことを言われても、アイデアなんて、出ないよー」

社長は、顔を歪めた。

泣いている子どもに、泣きそうな社長。

そして、この人たちをおとなしくさせることができる唯一《ゆいいつ》の存在、友也はここにいないのだ。

「泣きたいのは、こっちだってての」

木村は祈る。

お願い。友也くん、戻ってきて！　じゃないと、私、もう、キレてしまいそうです！

■10　友也の自宅（中央都市）

そして、こちらは、中央都市にある友也の部屋である。

友也は、帰ってきたときとほぼ同じ姿勢だった。すなわち、丸くなってベッドのアッパーシーツにくるまっていた。

「うう……」

それは、ほとんど冬眠に近かった。冬越しする動物が穴蔵で眠るように、友也はただひたすら、ベッドの中で丸くなっていた。

「あーもー、どうしたらいいんだよー」

食欲が湧かない。次の仕事を探しにいく気にもなれない。どうにもこうにも、眠れない。

そのくせ、白昼夢のように、社長の声が、響いてくる。

――好きだから。

「いいやあああああ！」

思いっきり、おかしな声をあげてしまう。酸欠になりそうで苦しくなってきた。

「はあ」

アッパーシーツから這い出す。ベッドに座って、深呼吸してみる。

「そんなこと、あるはずがないじゃないか」

声が弱い。

だが、いい加減、わかっている。あれは現実だ。

「だとしたら、社長のお遊び。俺のことを、からかったんだよ」

そう、声に出して言ってみるのだが、そうじゃないことも、おぼろげながら、わかっている。

あのとき、社長は本気だった。

そして、自分たちの距離は肩がふれるほどに近くなっていた。

「だけど、それは、郊外が生んだ奇跡みたいなもので。社長はすぐにきっと俺に飽きちゃうし」

だが、自分の中の、もやっとしたところ、頑固な、これがあるから自分はGクラスなんだよというその箇所が「違う。それでも、社長は友也を選んでくれる」と、ささやいている。

だから、苦しいのだ。つらいのだ。前のように、どうせ、かないっこないんだと信じていられる間は、つらくはあったが、気楽だった。決して、社長が自分を好きになんてならない、つきあうなんてリスクをあの人がおかすことは、あり得ない。

それが、ひっくり返ってしまった。あの、カオスそのものの郊外で。カオスなアリサがいたせいで。

「でもさ、やっぱりむりだよ」

今まで、決して手に入るなんて思っていなかった。

むしろあのとき自分は、これからは一段階、上がった気分で、愛とか恋を超越して、社長との関係を続けていけるなんて思っていた。

それなのに、「はいどうぞ」って差し出されてそれで、「ありがとう」なんて、受け取れる？

それで、やっていける？　いやあ、無理、むりむりむりむりー！

——そんなこと、言わない！

あのとき思わず、そんなことを言ってしまったけれど。

自分が想像していた社長、思っていた社長とは違う。だけど、それがいやなのかと問われたら、決してそうではない。むしろ、もっともっと、好ましく、微笑ましく感じた。

だから、困る。

「はあ」

ベッドから床に降りる。冷蔵庫をあけて、水のペットボトルを取り出し、一口飲む。

それ以上のものは、喉を通りそうにない。

「人って、どのくらい、ものを食べなくても生きていけるのかな」

さらに、あのときの社長の言葉を思い出すだけで、心臓がばくばくしてしまうのだ。まじめに、このまま、どうにかなってしまうのではないだろうか。

「実家に、帰れればいいんだけど……」

社長は、しっかりと姉夫婦に自らをアピールしたらしい。本来は友也が食べるはずだったカニを、社長がちゃっかりいただいて、「求愛したのに、信じてもらえなくて、逃げられた」と訴えたらしい。

「実家に帰りたい」と言ったら、姉に、「えー、いい人みたいじゃないの。それに、せっかく中央都市に就職して、うまくやってるんでしょ？　もうちょっと話しあってみたら？」などと言われてしまった。社長はずるい。ほんとうにずるい。

「うう……」

実家ももはや、安住の地ではない。

「はあ」

よろりとベッドに戻る。

でも、社長が来てくれたときには、嬉しかったなあ。

それが、アリサのためであったとしてもだ。

少なくとも、友也を必要としてくれたってことだ。それってすごいことだよね。

あの郊外ののんびりムード、就職も結婚も、すべてここでという中で、成績だけを頼りにして、中央都市に進出して、挫折して、社長と会って……。

それを後悔しているのかと問われたら、決してそうじゃない。後悔するわけがないじゃないか。

あんなにわくわくする人に会えた。あんなにきれいな人を、間近で見て、かっこいいところをたくさん見られた。

郊外の狭い中では、決して見られなかったものだ。

ばったん、ばったん、ベッドの上で、寝返りし続ける。

自分の、社長への感情は、あまりにも大きすぎた。そして、社長の自分への気持ちも、あまりにも大きすぎる。

ベッドに、うつぶせる。

この身体には、余る。困る。

気絶に近い眠りに落ちそうになったとき。エントランスシステムが、来客を告げた。

『お客様が、いらしています』

女性の音声がそう告げる。

ど、どうしよう。

郊外での出来事が、友也の脳裏に浮かんだ。きっと社長だ。

そっと、来客用のモニターを見てみると、そこにいたのは「社長」ではなかった。きらきらしたメタルカラーのタキシードを纏《まと》った社長そっくりのアンドロイドだった。

アンドロイドは、アリサを抱っこしている。

「どうして？」

思わず、声を出してしまう。

『訪問を、許可して下さい』

社長そっくりだけど、やや硬い声で、アンドロイドは言った。

『ママ？』

アリサが、目を見張っている。どこに友也がいるのか、彼女は必死に周囲を見回す。

「ママ？　ママね？　ママー！」

アリサは大興奮している。

「アリサー……」

ぐすっと情けない声が出てしまう。こんなところまで、アンドロイドをお供にやってきたのか。けなげすぎる。

それに、社長には会いたくないけど、アンドロイドの社長には会いたい。そして、思い切り、愚痴りたい。

友也は、エントランスから自室への入室を許可した。

ドアをあけた瞬間から、アリサは大興奮だった。

「ままま、まままままーっ！」

うきゃをっと、その身体全体から、友也に会えた喜びを放射している。身を乗り出しすぎて、アンドロイドの腕から落ちそうになったので、友也は急いで、彼女をすくいあげた。

「あー。アリサの匂いがする」

あのとき、郊外の家にいたときには、気がつかなかった。

アリサからは、なんともくすぐったくなるような、太陽とか日なたとかミルクとかの甘い匂いが漂っているのだ。

社長と郊外で暮らしていたときには、いつも漂っていた匂い。

「これって、幸せの匂いだ」

ああ、そうか。

あのとき、俺は、幸せだったのか。

いきなり社長がやってきて、えらく驚いて、それから、アリサに家をしっちゃかめっちゃかにされて、ご近所さんに誤解されてうろたえて、疲れから熱を出して看病されて、社長お手製のカレーを食べて、お祭りで最高にかっこいい社長を見て……。どれも、最高だったなあ。最高に、楽しかったなあ。

「メッセージが、あります」

社長アンドロイドが、そう機械的に言って、動いた。どこかスイッチを押したのだろう。

ぱっと、空中に、社長の上半身の映像が浮かんで、友也はびびった。

社長は、沈痛な面持《おもも》ちで言った。

「友也。おまえが、この会社を辞めるほどに、ぼくに会いたくないのは、じゅうじゅう承知しているよ。でも、ぼくは、あきらめたわけじゃないからね。だた、おまえには時間が必要だと思うから。待っているよ」

社長……。

「そんなことを言われても……。自信がないです。きっと、もしかしたら、もうずっと、一生、むりかもしれません。ごめんなさい」

しょんぼりそう言う。

これは、一方的なビデオレターだ。伝わるわけもないのに。社長の横から、彼を押しのけて、木村さんが姿を現した。

「友也くん！」

「木村さん。なにをするの。ぼくが今から、感動的なことを言って、友也にいい感じに帰ってきてもらおうと思っていたのに」

「友也くん。気持ちはわかるわ。めちゃくちゃわかるわ。でも、それはそれとして、帰ってきてくれないかな。ぎりぎりまで、休職扱いにしているから。社長のおもりは、私にはむり。もうむりだから」

木村さんがおしのけられ、そこにまた、社長が映った。

「えー、と、そうそう。アリサがあまりにおまえを恋しがって泣くので、おまえの大好きなぼくのアンドロイドに連れて行ってもらうことにしたからね」

その、「おまえの大好きな」は、「アンドロイド」にかかるのか、「ぼく」にかかるのか。そんなことを考えながら、社長が消えていった空中を見つめる。

アンドロイドは、その場に突っ立っている。いつもと同じだ。アリサが、下ろせと騒ぐので、しかたなく従った。アリサは、そこらへんを、おそろしい勢いではいはいしだした。

「アリサ、スピードがアップしてない？　足腰しっかりしてきてない？」

アリサは、うんしょとばかりに棚につかまって立ち上がる。頼もしい。そして、そこには、社長と自分とツーショットの写真が飾られていた。最初の大仕事、国をあげてのプロジェクトにプレゼンで競り勝ったときのもので、珍しく社長が心の底からの笑顔で、その隣で自分が緊張している。

「うきゃ？」

アリサが知った顔の写ったその写真を喜んで、手にした。

「うん、ママとパパだね」

「ママ！」

そこまではよかった。なのに、どうして口に含もうとする。

「だめえええ！」

なんで、口に入れるの？　大好きな二人の写真だということまではわかるのだったら、まずは大切にしようよ。

「アリサはまったく、せわしないなあ」

しょうがない。ここまで来た社長アンドロイドに命じる。

「アリサが口に入れたり、怪我をしそうで危ない。手の届きそうなものは、高いところに上げて」

「はい」

アンドロイドは、例によってメタルカラーのタキシードを着用しているのに、背中にマザーズバッグを背負っていた。その、珍妙なかっこうで、だれかになにか、言われなかったのかな。彼は、実に素早く動く。まるで、以前、やったことがあるみたいだ。

「よし、終わり。はい、ほら、おいで」

手を広げると、アリサは今度はよたよたと歩いてきて、よじのぼってきた。

「すごいぞ、アリサ。やっぱり、足の力がこの前よりも、かなり強くなってる」

「ママ……」

「ごめんね。いきなり、いなくなって」

ぎゅうっとする。

「なにか、質問をしてごらん」

感動の再会をしているのに、無機質な声で告げたのは、無愛想な社長のアンドロイドだった。ふつうだったら、フォースクエアという会社の概要とか、作ってきたアンドロイドのデータとかをたずねるところなのだが、友也はアリサをベッドに下ろすと、思い切って聞いてみた。

「俺は、自信がないんだ。俺はGクラスだ。今までは、それでも、中央都市でうまくやっていけると思っていたんだ」

それこそ、中央都市の判定のほうが間違っているなんて思い込んでいたくらいだ。

「でも、郊外で社長と共に過ごして、自分が思っていたよりずっと……――理不尽で、わがままで、どうしようもないヤツなんだってことに気がついたんだ。そんな俺が、社長やアリサと、うまくいくのかな。アリサは、Aクラス。社長はSクラスだ。ぼくはGクラスで……。身体も、彼らほど頑丈じゃないし、頭脳も追いつかないだろう。それでも、いいのかな」

言ってしまってから、アンドロイドの答えを待った。アンドロイドが、口を開いた。それは、友也が期待していたようなものではなかった。

「データベースに、答えがありません」

がくっとなるが、笑ってしまう。

「そうだよね。自分で答えを出さないといけないよね。俺ね、社長に、一方的に憧れていたんだよ。しょうがないよね。社長はかっこいいし、なんていうのか、俺が劣等感を持っている、この中央都市そのものだったんだもの。その社長の隣にいて、使ってもらえるなんて、なんてすごいんだろうって。なんか、自分まで、えらくなった気がしちゃってたよ。秋山さんが言ってたんだ。社長はダイヤモンドだって。俺も、そう思った。ダイヤモンドの、しかも蝶々なんだ。きらきら、高いところを、自由に飛び回っているんだ。それに反して、俺は、石ころだ」

「それを、ミスター秋山が言ったのですか？」

「え？」

びっくりした。勝手に話すとは思わなかった。

このアンドロイド、自律回路がついてたんだな。そうだよね。ここまでお使いに来るくらいだもんね。

つかの間、彼の言葉に、怒りがこもっている気がした。そんなわけがないのに。

これはきっと、友也自身の心の表れだ。

秋山からそう言われたときには、もっともだとしおらしく聞いていたけれど、実際は、むかついていたんだ。その気持ちが今、このアンドロイドがかわりに怒ってくれているという錯覚に繋がっているんだ。

仏像を見るときに、見る人の気持ちによって、表情が変わって見えるっていうしね。そういうことだよね。

「社長に、前までは憧れていた。ほかのひとたち同様に、ダイヤモンドだと思っていた」

蝶々に憧れる石ころ。

俺は、Sクラスという特別な男に、憧れて、その近くにいる自分に酔っていただけだったんだ。

「でも、たぶん、今は違うんだ」

考え考え、友也は話す。

「郊外の俺の家で、ほんとに楽しかった。社長の心に初めてふれた気がした。優しくて、あたたかい、思いやりに満ちた心だ」

「では、どうして、逃げているのですか？　喜ぶところではないのですか？」

え、質問してくる？　こんなの、初めて。

「恥ずかしすぎるよ。恥ずかしくて……。慣れないよ……！　こ、このまえのキスとか、思い出しただけで、もう」

かあっと恥ずかしくなる。熱くなった頬を押さえた。

「こう、甘酸っぱい気持ちになるよ。もっとちゃんと覚えておけばよかったんだけど、いきなりなんだもの」

突然、アンドロイドに抱きしめられた。

体温に覚えがある。この温度に包《くる》まれて、眠ったんだ。いつもそばにいたんだ。

そして、なにより、この気持ち。ぐんぐん、嬉しさがこみ上げてくる。抑えようがない。

さきほどの片付けのときの、慣れた動き。

アリサと一緒に来たこと。

この人は。まったく、この人は。

こんな、ばかなことをするのは、この人しかいない。

「社長?」

今度は、逃げ出さなかった。そういう自分を褒めてあげたい。頭がぐらぐらする。

中央都市のSクラス、燦然《さんぜん》と輝く宝石であるあなたが、わざわざアンドロイドの着ていた服を剝《は》がして、着込み、そっくりの動作をしてみせるなんて。

「なんで、こんなことしたんですか」

ぷんと社長は頰を膨らませた。

「なんでって、友也が聞くのか? おまえが、直接、会ってくれないからだろう。おまえの気持ちをそっと聞き出そうと思ったのに、あんまり、すごいかわいいことを言うから、抱きしめずにはいられなかったよ」

全く、この人は。

ああ、この人は。

俺のこと、大好きなんだなあ。

本気で、好きなんだなあ。

もしかして、郊外に行く前なら、そういうふうには素直にとれなかっただろう。

だが、あの場所で変わったのは、おそらくは社長だけではなかったのだ。自分もだ。

もしかして、自分は石ころじゃなかったのかもしれない。さなぎで、社長とともに飛んでいける、羽をつけるために、耐え忍んでいたのかもしれない。

今なら、心からそう思える。

「返されることを想像していなかったので、慣れてないんです。だけど、おそらく、ちょっとは、なじんだかもしれないです。逃げ出さなかったでしょう?」

「ああ、偉かったよ」

「そうでしょう?」

彼が、友也の顎に手をやってきた。こんな、メタルカラーのタキシードなんて、おかしなかっこうをしているのに、彼は、やっぱり、美形で、さきほど抱きしめられるまでは、アンドロイドだと思ってしまったのも、無理はないことだった。

「試していい?」

そう、社長は聞いてきた。

そして、返事を待たないうちに、友也にキスをした。蝶々が花に止まるような、軽くて優しい、かわいい、うぶなキスだった。

「ようやく、笑ってくれたね」

「ちょっとだけ、なじんだんですよ。……社長？」

彼は、どっとベッドに座り込んだ。そして、下から友也を見上げて、切々と訴えかけてきた。

「寂しかったよ、友也。おまえがいないと、毎日が砂漠のようだよ」

「すみません」

そう、素直に謝る自分がいた。

あなたに好かれているのに、あなたに必要とされているのに、あなたを、俺に飢えさせてごめんなさい。今まで、際限なく、与えていたのに、とりあげてごめんなさい。

「友也、これを」

そう言って、社長が手を出した。友也も手を伸ばす。そこに、小さなものが落とし込まれた。

小さな、おもちゃの指輪だった。

「どうしたんですか、これ？」

「お祭りで買ったんだ。あの中で、一番きれいで、友也に似合うと思ったから。ほんとは、あの夜に渡そうと思っていたんだよ」

青い石が、台座にはまっている。

いつの間に。アリサを抱いていたはずなのに、まったく気がつかなかった。

彼は、どんなにかわくわくしながら、これを渡そうとしていたのに違いない。

そう思うと、友也はあたたかなうれしさに全身が満たされるのだった。

「ありがとうございます。大切にします」

「そのうち、ちゃんとしたものを贈るからね」

「ふだん、しないですし。これで、充分ですよ」

アリサがベッドの上に立ち上がっている。二人が、自分じゃないことで盛り上がっている事実に彼女は盛大にお怒りだ。自分にも、それを見せろというので、友也は笑って「ほら、アリサ。きれいだねー」、そう言って、見せてやった。アリサはそれを、じっと見つめていた。

やっぱり、女の子なんだ。気になるんだな。

そう微笑ましくなったのも、つかの間だった。

アリサは、それを小さな指でひょいとつまむと、口に入れた。驚くほどに素早い動きだった。

それから、甘くないのを訴えるように、しかめ面になる。

「わーっ！」

友也が思わず大声を出したので、びっくりしたアリサは指輪を飲み込んでしまった。

どうして。それは、それは、食べ物じゃない。なんで、食べちゃうのー！

「アリサ！」

社長は素早かった。アリサを後ろから抱えると、ぐっと、みぞおちを拳《こぶし》で押す。かふっという音がして、アリサが指輪を吐き出した。

「よかった……」

ああ、子どもってやっぱりものすごいカオスだよね。指輪はあめ玉じゃないし、食べてもおいしくないのに、まったく気にせずに、ためらうことなく、口に入れる。

指輪をきれいに洗って、アリサの手の届かないところに置いてから、友也は泣きべそを掻いているアリサに手を差し出した。アリサが、友也の腕の中に収まる。

「まーま」

「うん、そうだね。ママだよ」

そして、社長が、アリサと友也の二人を、その広い腕の中に抱きとめてくれた。

「パーパ？」

「おお！　友也！」

社長が、目を輝かせて、友也のことを見る。

「聞いた？　ねえ、聞いた？　アリサが、ぼくのことを、パパって言ったよ」

「聞きましたよ。社長は、もう立派な、アリサのおとうさんですもんね」

社長が、友也にささやく。

「三人一緒だね」

「はい」

社長が懇願するように言った。

「友也。いっしょに帰ってくれる？　それで、始めてくれる？　ぼくたちの、家族としての生活を」

答えは決まっている。

「喜んで。こちらこそ、お願いします」

■11　フォースクエア

友也のフォースクエア社長秘書への復帰を一番喜んでくれたのは、木村だったかもしれない。

彼女は、いつもぴしっとした服を着ているのだが、友也が出社した日の朝には、シャツに皺《しわ》が寄っていた。それほどに疲れ果てているとは、自分がいない十日ほどのあいだに、いったいなにが起こったのだと思わずにはいられない。

「木村さん……」

復帰の挨拶をするより早く、抱きつかれた。

「よかった、帰ってきてくれたー！」

ほとんど、泣かんばかりだった。

「そんな……おおげさな……」

「おおげさじゃないよー。友也くんがいなくなったあとの社長ってば、どうして去って行ってしまったんだろうとか、どうしたら戻ってきてくれるんだろうとか、なにが悪かったんだろうとか言いながら、メロドラマのヒロインみたいに、ひがな一日、ため息ついてるんだもの。そのうえ、出してくるアイデアはしょぼいし。あの人からひらめきを取ったらなにが残るっていうの」

あんまりな物言いではないだろうか。

「ひらめき以外にも、いいところはありますよ」

「それは、友也くんだけがわかっていればいいことよ。お願い、もう辞めるなんて言わないでね」

「ええ。この仕事は天職だと悟りましたからね」

「よかったー。ほんとに、よかったー」

友也は頭を下げた。

「いきなり休んでしまって、申し訳ありませんでした」

「まあまあ、それはね。休暇をとれとせっついたのは私だし。大丈夫。準備はしてましたよ。まあ、短い間ならなんとでもなるしね」

そこで、木村は周囲を見回して、顔を近づけてくると、こそっと言った。

「うまくいったみたいで、よかったわ」

「わかっちゃいます？」

この人に隠し事をしてもむりだと、頬を押さえると、木村は「友也くんじゃなくて、社長が」と言った。

「社長、一日中、浮かれて鼻歌まじりなんだもの。こう、お花がひらひらしている感じ？　よっぽど、友也くんとうまくいったのが、うれしかったのねえ」

そうなのだ。自分は、あの社長の「恋人」なのだ。

恋人！

今でも信じられない気がする。

「木村さん、俺の頬をつねってください。夢を見ているようで、落ち着きません」

「やあよー。せっかくのふくふくほっぺなのに」

そう言いながら木村は、両手で友也の頬をはさんで、顔を覗き込んできた。彼女は言った。

「社長のことを、本気で好きで、がんばったからでしょ。夢とか言っちゃだめ」

彼女はスッと離れると、ぱんと背中を叩いてきた。

「もっと胸を張りなさいな。あの、社長をメロメロにしたんだから」

「メロメロとか、そんな」

でもそう言われると、ほんの少しだけ、心が軽くなった。

そうだよな。あの人の恋人なんだから。もっと、堂々としていないとな。

「木村さん。ありがとうございます。今後とも、ご指導ご鞭撻《べんたつ》のほど、よろしくお願いします」

木村はおのれの胸を叩いた。

「まかせてよ。育児と結婚生活では先輩だからね。なんでも聞いてよ」

「頼もしいです」

友也の携帯端末にメッセージが入った。社長からだった。

『友也ー、次の製品に必要な型番をメモした紙がなくなっちゃったんだけど』

「もう、しょうがないですね」

そう言いながら、友也は秘書室から、社長室に向かった。背後で木村が、「がんばってー」と応援してくれている。くすぐったい気持ちになる。またこの日常に戻れたことがうれしくて、口元が緩んでしまう。

厳しく、厳しく。

「まったく、あなたは」

そう言いながら社長室のドアをあけたのに、「友也ー」と満面の笑みで迎えてくれた社長に、たまらず、友也は笑ってしまう。

■12　パーティー会場

今回のレセプションパーティーは、飛行船で行われた。この飛行船は、新式のエンジンを積んでいて、静かだ。

まさしく、気流に乗ってたゆたう船。

床と壁は透明な素材でできており、ゆったりと、眼下の景色を眺めることができる。

高所恐怖症はゲストから外してあるが、それでも、下をのぞけば、めまいがしそうだった。

夕闇が、中央都市の外側、低い山並みを染めて、沈んでいくのが見えた。

その光景を見ながら、百を超えるゲストたちは歓談し、ときには踊る。

友也は、黒のスーツを着用していたが、白いスーツを着た社長に、近づいてきたゲストについて、説明しようとした。

「あちらからみえるのは……」

「うん、わかってる。東堂《とうどう》さんだよね。最近、部署をかわられたはず」

「はい」

最近の社長は以前とは違う。友也が事前にリストを作っておくと、完璧に覚えてくれるのでこちらとしては助かる。社長がゲストと話し始めたので、今のうちに全体を把握しておこうとそばから離れた。

フロアスタッフから、ノンアルコールの飲み物をもらって、喉を潤《うるお》しながら、友也はフロアを見回す。そのときに、気がついた。秋山が、こちらに向かってきていた。

相変わらず、目つきが悪く、黒い服を着ている。

「よう」

友也は微笑んだ。

「いらせられませ、秋山様。お飲み物はいかがですか」

「なんだよ、ずいぶんと余裕だな」

「なにを、おっしゃられますことやら」

「あいつとくっついたんだって？」

なんと返していいのかわからずに、顔を微笑の形に固定する。

「あ、なんだかこういうところ、社長に似てきたなあ」なんて、思ったりする。中央都市っぽい。

郊外に帰ろうと思って飛び出して、かえってらしくなって戻ってくるなんて、なんて不条理。そして、非合理。秋山が不服そうに言った。

「ふん、まさか、ほんとうだとはな。いいか、おまえが物珍しいからだ。そのうち、すぐに飽きる」

秋山は、トレイからジントニックを受け取ると、一気にあおった。そんな飲み方をしたら、酔っ払ってしまうのに。中央都市では、酔っ払いはめったにおらず、それは、恥ずかしいこととみなされている。

そんな秋山を見ながら、友也は確信していた。秋山もまた、ダイヤモンドの蝶に憧れてやまない男だということに。

彼はAクラスだ。秋山流にいえば、エメラルドかルビーというところ。その彼が憧れていたダイヤモンドの蝶々である社長が、そこらの石ころ——友也——の上に舞い降り、あろうことか、とても大切に抱きかかえている。理不尽さに腹を立ててもふしぎはない。

友也の唇がほころぶ。

「なにが、おかしい」

「いえ。私の恋人を、そのようにおっしゃられるのは、業腹《ごうはら》だと思って。社長は、そのような方ではありません。少なくとも、私にとっては」

友也の反論に、秋山はあっけにとられたように口をあけた。それから、グラスをスタッフのトレイに返すと押し黙った。

気まずい沈黙に、言い過ぎたかと思った友也を、救ってくれたのは社長の明るい声だった。

「秋山さん。うちの秘書と、なに、内緒話してるの？」

「社長」

離れた場所にいたと思ったのに、めざといことだ。

「秋山様から、本日のレセプションパーティーにお褒めの言葉をいただいておりました」

「そっか。仲がいいんだね」

秋山が「ぐっ」と意味不明なうめきをもらした。

「でもね、友也は、ぼくのそばを離れちゃだめだよ」

そう言って、社長は友也の背後から両方の肩を抱いた。

「ね？」

「申し訳ありません」

「ほら、行くよ」

悔しげな顔をしている秋山に、友也は一礼して、社長の後に続く。

「あんまりあいつと話さないでよ。妬《や》けるから」

「そんなんじゃないですよ。あなたのことを、話していたんです」

社長は、ふうと息を吐いて、両肩を上げた。

「どうせ、ろくな話じゃないでしょ。秋山は、ぼくに夢を見すぎなんだよ。なんか、からまれていたんじゃないの？　次から、秋山を招待リストから外してもいいんだけど」

「いいえ」

「へえ、優しいんだ」

「違います。合理的に考えただけです。もし、自分だけ招待リストから外されていることが判明したら、秋山様がどんな面倒くさいことになるのか、わかりません。それくらいだったら、多少の嫌みくらい、かわいいものです」

「言うようになったねえ、友也」

「社長のおかげですよ。さて、今夜のご予定は?」

ふふっと、社長は笑った。

「このパーティーが終わったら、家に一刻も早く帰って、アリサの顔を見ながらごはん食べて、そのあと、友也といちゃいちゃするんだ」

「とてもいいプランだと思います」

以前は、パーティーが終わるのが憂鬱だった。この人が、自分以外の人と会うのがわかっていたから。今は、パーティーの終わりが待ち遠しい。変われば変わるものだ。

「ああ、時間だ」

社長が手を上げると、みなが社長に注目した。

「さて、皆様。今宵は、珍しいものをお目にかけましょう」

彼がそう言ったと同時に、飛行船内部の照明が消えた。ざわっとしたのもつかの間、はるか下の、中央都市の街灯りから、花火が打ち上がった。真下でそれは、花開く。天上の神々になって、地球が誕生するときに立ち会っているかのような、素晴らしい眺めだった。

「どう、気に入った?」

「あなたのすることは、いつも私をどきどきさせますよ」

「嬉しいことを、言ってくれるね」

社長が、フロアが暗いのをいいことに、手を繋いできた。

友也はうつむく。顔が赤くなっていくのを止められない。しょうがないだろう。まだ、愛されることに慣れきっていないんだから。

ひときわ大きな、今日のフィナーレである花火が打ち上がった。

自分たちを祝福しているようだ。

この花火が消えたら、そうしたら、このパーティーを終わりにして、そして、家に帰ろう。

会社の屋上にあるペントハウスは、今や、子ども用玩具であふれている。

あそこに、帰ろう。

愛《いと》しい娘が、パパとママを待っている、あの家に。

極上社長との初夜は夢じゃない

あの、奇跡のような郊外の数日と引きこもり期間を経てからのち、友也《ともや》は社長の住む、ペントハウスでアリサとともに暮らしている。


大きめのバスタブにしたので、お風呂には三人で入ることができる。

これが、友也には未《いま》だに恥ずかしい。

できるだけ、見ないようにしているのだが、社長の彫像のような身体《からだ》は目の毒だし、なにより、彼に、この貧相な身体を目を細めて見つめられるのが、なんともいたたまれない気持ちにさせられる。そんなに見ないで欲しい。

だが、彼の気持ちもわかる。

自分たちは、なんと、まだ初夜を迎えていないのだ。これを木村《きむら》に言ったら「え、なに、どういうこと？　じらしプレイ？　高等すぎない？」と驚いたように言われた。

そういうわけじゃない。

バスタブから呼ぶと、ナニーアンドロイドのマーサがやってきて、アリサを受け取った。身体を拭かれたアリサがバスルームから出たところで、社長が、身動きした。

彼からたゆたう湯が、自分のところに到達する。それだけなのに、肌が上気していくのを感じてしまう。

いつもだったら、社長は、そのまま、そっと離れて出ていってくれるのに、今回ばかりはそうしなかった。

近い。

大きな、卵の殻の色をしたバスタブの、端っこまで逃げたところで、追いつめられた。湯の膜を、ほんのちょっと隔てただけで、社長がそこにいる。濡《ぬ》れた身体、濡れた瞳。濡れた指先で、これ以上行けないことを知っているのに、必死に足を突っぱねて、まだ逃げようとしている友也の頬に彼の手がふれた。

背中をぞくぞくと刺激が駆け抜けていく。それは、決して、不愉快なものではない。おそらくは、快感と呼ばれるものだ。

「友也。いい？」

「あ、あの……」

うなずきたい。このまま、この快楽に身を任せてしまいたい。そして、なによりも、社長によくなってもらいたい。

こんなにも、真剣に、そう願っているというのに、身体がそれに追いついていかない。風呂に長めに入っていたのも手伝って、友也の心臓は、早鐘よりも速く打ち続けている。呼吸が苦しい。

「と、友也？」

社長が焦っている。大丈夫だからと言おうと思ったのだが、口がぱくぱくしただけにとどまった。

目の前が暗くなる。しっかり、俺、と思ったのにもかかわらず、友也はその場で気を失ったのだった。


木村は生まれて初めて知った。

おのれが魅力的であることを知っている美男子が、かなわぬ想いを嘆いているさまは、なかなかに楽しいものであることを。

「木村さん、どう思う?」

とはいえ、わざわざ、統括秘書の自分のところにまで来て、言うことだろうか。ちなみに友也は、社長の娘であるアリサの様子を見に、自宅であるペントハウスに一度帰宅している。

「どうって言われても、意味がわかりませんけど」

わざとそう言ってやると、社長はしょんぼりとして、ささやくような小声で言った。

「友也は、ぼくのこと、嫌いになっちゃったのかなあ」

けっ。心から、そう言っているのか。この男は。マジか。

友也は、Gクラスなわりには、決して融通の利かない相手ではないが、こと、社長に関しては別だった。

本人だって、これが到底かなうはずのない恋愛であることくらいは、わかっていたはずだ。

近くにいたら、つらいばかりであることも。それでも、友也は社長を選んだのだ。

不条理。

もし、友也が自分の同僚、しかも、自分がもっとも苦手な社長を担当してくれているのでなかったら……――彼をもっと真剣に止めたのではないかと思うのだ。

――ほかは譲れても、社長だけは譲れなかったのよねえ。

そんな友也であるのに、そこまで想われている当人だけが、疑念を持っているのだ。

馬鹿馬鹿しくて、やってらんない。

「あー、そうですねー。しつこい男は嫌われますからねー」

どうでもいい。

そんな気持ちが、声にあらわれてしまった。棒読みの返事をする。

「しつこくなんてしてないよ！　むしろ、すごくけなげだよ」

「うわ。自分のこと、けなげとか言っちゃいますか？」

「だって、ぼく、すごく我慢してるんだよ。今まで、不自由したことなかったのに、友也が嫌がることはしたくないから」

「ああ、そうですね。不自由しても、嫌がることはしないのが、当然……」

手元の空間キーボードでデータの入力をしながら、適当に返事をしていたのだが、ピリオドを打ち終わって、彼の言ったことを再度、検討する。そして、ようやく気がついた。なん

「そうなんだよ……」

「ちょっと待ってください、社長。社長と友也くんは、もしかしてまだ……」

ですと？


したいのにさせてもらえない。そんな飢えがしみ出している。女の自分から見ても……なんとはなしに、色っぽい。

うわ、なに、これ。

放っておけばいいのだ。人間関係には、頭を突っ込んだりしないのが、この中央都市のあり方だ。わかっているのに。木村のなかの、郊外西部先祖譲りのお節介焼きの血が騒ぐ。

というわけで、次のティータイムには、木村は今度は友也の話を聞いていた。

「友也くん。いかに中央都市では、子どもを作ることと、愛し合うことが乖離《かいり》しているとはいえ、心で愛し合う二人が身体でも愛し合うのは、当たり前のことだし、恥ずかしいことじゃないのよ」

あ、なに言ってるんだろう、これ。

木村はちょっぴり遠い目になる。

こういうの、小学校のときの授業で先生が言っていたな。初歩の性教育だわ。

「そ、そのぐらい、俺だってわかってるんですよ！」

真っ赤になって、友也は弁解した。

へえ。木村は内心、驚嘆して、彼の顔を見た。この子が、こんな顔をするなんて。

「俺だって、社長と……その、愛し合いたくないわけじゃないんです。それは、当たり前じゃないですか。でも、でも、でも、いざそのときになると」

『いざそのとき』を思い出したというように、彼はさらに顔を赤くして、息を荒らげた。

「あの、社長の顔が、こんなに近くにあって、手がふれ合うんですよ。そんなの……そんなの……」

「ちょっと、友也くん。深呼吸」

すーはーと、彼は呼吸を繰り返した。

「あんまり、いっぱいいっぱいすぎて。いつも、酸素を大量に消費してしまって、呼吸困難になりそうなんです」

「うん。なんだか恋の高地トレーニングって感じ？　でもね、社長だって、ふつうの男なのよ？」

友也の顔が、しかめられた。頬がじゃっかん、膨らんでいる。なんと、不服らしい。

――怒りますよ。俺の社長を「ふつうの男」呼ばわり。

「えーと、だから。健全な肉体を持っているということ。恋人と一緒にいたら、ふれたくなって当たり前でしょう。もうちょっと歩み寄らないと」

友也は、しばらく考えていたけれど、深刻な顔で、「わかりました」と返事をした。

ほんとか？　ほんとにわかったのか？

人の肌が、こんなにも気持ちを伝えることを、今まで自分は知らなかった。

表情や、言葉や、それ以上に、ふれる肌は、感情を伝える。

「アリサは、上手だもんなあ」

そう言って、彼女にほおずりする。彼女からは、まだミルクの匂《にお》いがしていて、湿った髪は癖がついている。ほっぺたから、彼女の生命力、好奇心、そして、友也に対する信頼が、伝わってくる。

そして、アリサも、友也の肌に敏感だ。ふれた瞬間に、友也の真意を察して、べそをかいたり、笑ったり、すねたりする。

――肌が合うって、こういうことなのかなあ。

だから、子ども部屋のベッドでアリサを寝かしつけるときには、穏やかな気持ちで、少しでも早く寝てくれ、なんて思ってはいけない。そう願った途端に、アリサは、自分を放っておいて、楽しいことをするのを察して、目を見開くのだ。あくまでも、ただひたすらに、アリサを褒め称《たた》え、彼女の安眠を願い、彼女を見つめる。そうすると、満足して目を閉じるのだ。

――寝て、くれた！

そっとベッドを抜け出すと、ナニーマーサにアリサを託す。その傍らで、寝ずの番をするのだ。アンドロイドだからできる技だ。

そっと部屋を出ると、広い廊下を通って、まずは自分の部屋に行く。もう一度、すみずみまでシャワーを浴びて、ほんの少し、控えめに、耳の下に柑橘《かんきつ》系のコロンをつける。脱がせやすく、かつ、興ざめしない脱がせ具合を考慮して、バスローブを羽織る。バスローブのひもを結び直して、いざ、鎌倉、ならぬ、社長のベッドルームだ。

とんとんと控えめなノックの音がしたときに、光太朗《こうたろう》の胸は高鳴った。

いつかは、きっと折れてくれる。

そう、信じていたのだが、いい加減、つらくなっていたのも事実だ。光太朗の今までの人生で、プラトニックラブというものは、ない。むしろ、フィジカルな恋愛ばかりを繰り返してきた。

だが、友也はまったく違っていた。

友也は、ほとんど一日中、ともにいるのだが、ごくわずかな、離れているときにも、どうしたら、彼は自分のことをもっと好きになってくれるだろうとそればかりを考え、目の前にいるときには、こちらを見ないだろうか、目を合わせて、あの、照れたようなかわいい顔を見せてくれないだろうかと、光太朗は願ってしまうのであった。それなのに、ようよう目を合わせてくれたと思ったら、あきれたように、「ちゃんと仕事をしてください」なんて言うのだ。

「わかったよ。秘書様のお言葉には従います」

渋々、そう言うと、友也はこう返す。

「私だって、耐えているんですから」

急いで立ち上がり、キスしようとすると、彼は手のひらをこちらに向けて、拒んできた。

「だめです」

「なんで？　ぼくたちは恋人同士だろう？　ぼくの愛を、認められないの？」

「わかっています。それは、わかっているんですけど……」

友也は目を伏せて、言った。

「あなたにふれられると、それが伝わってくるから……どうしていいのか、わからなくなるんです……」

はあ。そのときの、彼の顔ときたら。色気と清純さと自分への愛があふれて、その場で押し倒したくなるほどだった。

「友也、ぼくは」

「私も、お待たせしているのは、承知しているんです。今夜、今夜、伺いますから」

その、今夜が、来たのだ。

光太朗は、浮き浮きとガウンを羽織ったまま、ベッドルームのドアを開けた。そこには、神妙な顔をした、友也の姿があった。

「待っていたよ」

喜んで、彼を迎え入れる。

オーケストラが演奏できそうな広さのベッドルームに、友也は入ってきた。彼はバスローブを身につけていた。淡い香りがしている。しずくがまだ髪を伝っているところを見ると、たったいま、シャワーを浴びたものらしい。自分のために。

ていねいに包装されたプレゼントを受け取る心地で、光太朗は手を伸ばす。その手に、じゃらりと音がして、革の感触があった。

「……？」

光太朗は自分の手のうちを見た。友也から手渡されたものを、信じられない思いで見つめた。なめらかな、深紅の革でできた手枷《てかせ》。それは、左と右を鎖でつないで、鍵《かぎ》をかけられるようになっている。

なに？

いったい、なにごと？

「俺、ものすごく考えたんですけど。俺は、社長にときめくのをやめることはできないし、社長をあまりにお待たせするのも申し訳ないし。だから。これを」

そう言って、友也は、両手を合わせて、手を差し出している。

「俺を拘束して、抱いてください」

光太朗は固まった。いやいや待って、どういうこと？　この、初めて自分が愛した人は、自分に、おのれを強姦《ごうかん》しろと言っているのだろうか。そんなの、あり？

「ねえ、友也。それは、ないんじゃないの？」

声は落ち着いているが、そこには怒りがにじみ出ていた。怒り？　ぼくは、怒っているのか？　何に対する怒りなんだろうか。

自分のこの愛、純情をむげにされたからだろうか。だが、信じてくれなんて、どの口が言えるだろうか。

自分がしてきた、たいへんに中央都市らしい、Sクラスらしい、この青年にとっては不実な過去を、後悔してもしたりない。できれば、戻りたい。まだ、女性と抱き合ったことのない、まっさらなときに。

そうであったなら、友也と二人、戯れのような口づけから、重ねていけたに違いないのに。

だが、もちろん、それが、かなうはずもない。

「社長……」

「ぼくは、友也と、そういうことを、したいんじゃないんだよ」

「だけど、あなたに……抱かれると思っただけで、俺は、倒れそうになるんです。一度すれば、そうしたら、慣れると思うから」

そんなことを言われても、承知できるはずがない。

だが、友也の真剣な顔を見ていると、彼とても冗談や酔狂でそうしているわけではないことぐらい、光太朗にもわかった。「しょうがないね」とため息をつくと、ベッドに腰を下ろして、手を差し出す。

「鍵をちょうだい」

友也が、ほっとしたように、鍵を光太朗に渡した。

「うん」

光太朗はおのれの両手首に手枷を巻いた。

口にくわえた鍵を左右それぞれの錠に差し込み、ひねる。鍵がかかったので、離した。鍵はベッドに落ちた。

「しゃしゃしゃ、社長？　そうじゃなくて」

「さあ、これでぼくは、友也にされるがままだね。ぼくからは友也になにもできない。好きなようにしていいよ」

「そんな」

「そのかわり、ぼくに慣れて」

これはすごいチャンスなんだよ、と、光太朗は友也に言った。

「友也の大好きなぼくに、さわれるんだ。こんな大盤振る舞い、めったにないと思うんだけどな」

ごくりと、友也の喉が鳴った。ぼくもずいぶんと、秘書の扱い方に慣れてきたものだと光太朗は思う。

「ほんとに、ほんとに、さわっても、いいんですね？」

「それ以上のことをしても、だれもなにも言わないよ」

ベッドに座っている、光太朗の前に、友也がやってくる。薄いそばかすが、室内の灯《あか》りに浮かんで見える。友也の視線が、自分に釘付《くぎづ》けになっている。嬉《うれ》しいでしょう。おまえの大好きなぼくだよ。

「わかりました」

そう言いながらも、友也はすすすっと後じさろうとしてくる。いったい、なに？

「どこに行くの？」

「手を、洗ってきます。消毒してきます」

「あのねえ。ぼくは今すぐ、友也にさわって欲しいの。こんな格好のぼくを放っておくの？」

手首に枷なんて、プレイだからさまになるのであって、冷静な目で見たら、とんだお間抜けさんだ。それはそうだと思ったのだろう。友也はとうとう、決心したように近づいてきた。

彼の目が潤《うる》んでいる。

ゴクリと彼の喉仏が上下して、そうっとその手が出される。指先が、頬にふれた。くすぐったい。それから、思い切ってというように、彼の手のひらが、光太朗の頬を撫《な》でた。

ああ、肌にふれられると、ぜんぶわかるね。「肌が合う、合わない」っていうのは、真実だ。これだけで、こんなにここちよい。肌だけじゃない。そこからしみこみ、身体の中心までも、愛撫《あいぶ》されている気分だ。

伝わるんだ。彼が、自分をどれだけ大切に思っているのか。ああ、ぼくだって、友也を愛している。大切に思っている。それは、事実ではあるんだけど、でも、こうしてみるとほんとによくわかるんだ。自分の、友也への思いやりが、彼からのほんの数分の一であることを。

彼の想いが、ぬくみになって、自分の中心を温めてくれる。そこは、ずっと冷たかったところだ。寒くて、たまらなかったところだ。

やだな。寒い日に、バスタブに身を浸したときみたい。ふーって息を吐きたくなる。そのくせ、その触感は淫靡《いんび》なところにも結びついていて、奥の奥から、この身をさいなんでくるんだ。

がまん、がまん。

そう口には出さずにつぶやきながら、光太朗は友也を見つめる。

はあはあと息が荒くなっていくのが、我ながら情けないと、友也は思う。

社長にさわっている。なめらかな肌にふれている。たいせつなものにふれることを許されている。

憧れていた名工の彫像に、さわってていいよと言われた心地。だが、社長は彫像ではなかった。まったく違った。

頬にふれていると、彼がかすかに口元をほころばせた。手のひらにその振動が伝わってきて、どうしてだろう。泣きたいほどの愛《いと》しさに満ちあふれる。

「愛情は、肌から伝わるね」

「はい」

「もっと、愛して欲しいな」

そう言われたので、「失礼します」と言って、ベッドに膝立ちになると、社長のガウンの太ももをまたいだ。

「おう」

感嘆したように言われたので、驚いて身を引こうとしたら、バスローブの前を、手枷の社長に引っ張られて、戻された。

「それで？　なにをしてくれるの？」

「あなた、おもしろがっているでしょう？」

「おもしろがってはいないけれど、期待はしているよ」

そう言われては、しかたない。友也は、おずおずと、彼の唇に、自分の唇を押し当てた。つたないキスなのは、わかっている。でも、それこそが自分。その、稚拙《ちせつ》なキスに有頂天になり、天にも昇る心地になるのが、浅野《あさの》友也なのだ。

友也は、社長のガウンの上から、彼の身体を抱きしめた。この腕の中に彼がいる。輝くような宝物を、自分は、この腕に抱いている。

「夢みたいです……」

ふふっと社長が笑ったので、彼の吐息が耳にかかって、陶然となっている友也の肩をふるわせた。

「なにもしないって言ったのに」

「息をしないとは言っていないでしょう」

「それはそうだけど」

「いやだった？」

わかっていると思う。社長と自分には、互いを感知するための、それはそれは鋭敏なセンサーがついているのだから。

「……いやじゃ、ないです」

「そう？　よかった。少しは、慣れた？」

「ええ。でも、よけいに、どきどきします」

「動いても、いい？」

「はい。ちょっとだけなら」

「うん」

社長の指が、手枷をしたまま、バスローブの合わせ目から中に侵入した。

「あ」

それだけなのに。全身がわななないている。

「友也」

唇が薄く開いて、キスを誘う。

ためらっていると、舌が出された。

友也も、舌先を出すと、それとふれあわせる。

社長の味がした。同時に、あ、俺、今、社長に味わわれているんだと思った。

身体が泡になって、溶けてしまいそうになる。

社長の舌が、友也のそれの付け根をくすぐり、誘《いざな》い、彼の口の中に導かれる。舌が、彼の口の中で、いっそうにからまりあった。

もうだめ。気を失ってしまいそう。そう、思っているのに、必死に彼にこたえている。

「は、はあ」

社長が愛撫をといてくれたときには、くったりと彼の身体にもたれるようになっていた。

「もう、いい？」

社長がそう言って、もぞりと指を動かした。

よくはない。今まで、知らなかったほどの奥にまで、あなたの指は届くから。逃げ出したくなるほどに恥ずかしい。けれど、これを乗り越えないと、あなたを受け入れられないというのなら。

ベッドの上に落ちていた鍵を取り上げ、社長の右手の根元にある錠に差し込む。続いて、左手も。社長は、何度か手を動かすと、広げた。

「おいで」

「はい」

その腕の中におさまる。社長の指が、友也のバスローブのひもをほどいて、中に入ってくる。そこから、この背中を抱く。

彼が、笑っている。うれしそうに、ほほえんでいる。自分もそうだ。なんだろう、この多幸感は。

「覚悟、できた？」

「はい」

社長に、身体をそうっと横たえられる。自然とバスローブの前が開いてしまう。

自分が大きなケーキになったような気がした。フルーツや生クリームや砂糖漬けのスミレの花や、そういったものがのっている。さまざまな飾りのうち、どれから食べようかと、その、うれしいためらいに身を任せているように、社長はこちらを見ている。

胴回りを彼の両手が包み、それから、上にすべってきた。

「ふ……」

彼の両手が胸を包む。心臓の位置を確かめるように親指が動く。

「あ」

その動きが、胸の先を刺激する。そこは、友也が知らないほどのうずきを与えた。腰がもぞっとしてしまう。

「おっぱいが、いいの？」

社長がそう言うと、胸に、今度は明らかな意図を持って、ふれた。手のひらで、胸の粒がこねられる。社長の手の熱で、甘く熟れていく。

「おいしそうに、大きくなった」

そう言うと、さきほどキスをしたその唇が、友也の小さな乳首をくわえた。彼の吐息が胸にかかり、舌で胸をねぶられる。しかも、それを見せつけるみたいに、舌を出した社長が友也のほうを見たものだから、吸い上げられるたびに、びくびくと腰が浮いてしまう。

その腰を、社長がすくいあげる。彼のふとももがあらわになり、片方の足を引っかけられて浮いた。

自分の内ももと、彼の足がふれあっている。ほんのわずか動かれるだけで、狂おしいほどの情欲にとらわれて、必死に呼吸する。

その指が、背中を下に動いてきて、尾骨で止まった。

そう。知っている。男同士だったら、ここを使って繋《つな》がり合うことを。

そうしないと、この身体に満ちている飢えが満たせないことも。

「して、ください」

「うん。そのつもりだよ？」

彼のガウンが、腰にまつわるだけになっている。どこに隠していたのか、小さな貝殻の入れ物の蓋《ふた》があけられ、社長の指先がその中身をすくい取る。

彼の膝に促されて、足を大きく広げられる。

じれたように、それでも、最大限の慎重さでもって、社長の指が、この身体を暴いた。粘い液体が、彼の指といっしょに身体に入ってくる。

うまくいくのかな。失望しないかな。好きになってくれるかな。

こんな、欠点だらけの身体でも。

この期《ご》に及んで、様々な心配が、友也の脳裏をよぎっていった。ゆっくりと、社長の指が、出入りを繰り返している。

——ああ、かわいいなあ。いとしいなあ。ひとつになりたいなあ。

言葉にしなくても、そう言っているのがわかる。

俺もです。俺も、あなたと一つになりたい。そうしたくて、たまらない。

それが伝わったかのように、ゆっくりと、彼が指を引き抜き、膝を押した。ももに乗り上げるようにして、身体を合わせてくる。

「入って、くる」

入ってきちゃう。

どうしよう。どうしよう。全部、わかっちゃう。どんなにあなたが好きかとか。どれだけあなたを想っていたかとか。全部全部、暴かれてしまう。

ほんのわずかに、この身体に沈めているだけだってわかっているのに、身体全部にあなたがいるみたいだ。動かれると、どこもかしこも響くんだ。

わずかずつ、押し入ってきた彼が、その身が震えるほどにこらえているのがわかった。

こんなにも、不慣れな相手は初めてだろう。

そう思ったら、おかしくなって、腹にわだかまっていた力が抜けていった。

それを見澄ましたように、深くまで、彼が入ってきた。

「そんな、ところまで」

「友也もだから」

社長が言った。

自分がなんだと言うのだろうか。

「友也も、ぼくの深くを、刺激するから」

それを表すかのように「ああ」とため息が彼の唇から漏れる。

「好きにしていいですよ。あなたの」

そう言うと、動きが速くなる。

腰を動かされるたびに、身体は自分が知らなかった快楽を知って、今まで、この人をきれいだとか、うつくしいとか、完璧《かんぺき》だとか思っていたのに、もっと違うものになっていく。

これは、そう、愛しいという気持ちだ。

愛情が、肌をつたって、互いを行き来してるんだ。

身体を折り曲げ、社長がキスをしてきた。

好きだよ、友也――唇がそう動いたように感じられた。

「ええ、知ってます」

ようやく理解できたんです。

言葉だけでなく、この肌をつたって繰り返す、自分たちだけがわかる伝え方で、それを知ったんです。

「あ、ん……！」

身をよじる。あふれかえったものが、こぼれそうになっていた。ひたひたと肌を満たす。光る虹のような色をしたいかずちが、身体を貫いていく。

「あ、あ……」

ああ、これは、絶頂だ。自分は、達したのだ。

互いの身体を強く抱き、頬を合わせて深くを満たし合う。体内に、彼の種子がまかれるのを、友也は感じた。それは、長く、長く、感じられたのだが、おそらくはほんの数秒であったろう。

「ふう……」

社長が、自分の身体のうえに、身を投げかける。

「こんなの、はじめて」

「ちょっと待って」

友也は笑う。

「それ、俺の台詞《せりふ》じゃないですか？」

「だって、なにがなんだか、わからなくなったんだもの」

そう言って、社長は身体を浮かせて、友也の中から、おのれのペニスを引き抜いていった。

彼のうなだれたペニスが出て行く。そのときに、友也は声をあげてしまった。

「あ……」

あえて言葉にすれば、寂しいとか、惜しむとか、そんな気持ちだった。

「そんなに、よかった?」

社長に聞かれる。

友也はうなずいた。

「とっても、すごく、よかったです」

「かわいい子」

キスがなされて、いたわられているのを感じた。彼がのぞき込んでくる。

「ぼくの」

そう言ってされた、もう一度のキスに含まれていたのは、懇願だった。

——もう一度、させて。

そうされたら、もう、逆らえない……——


その夜、友也は、寝付けないでいた。

いっしょにお風呂に入って、そこから、また、たわむれて……——

十人ほどが眠れそうな、広いベッドにその身を横たえている。隣には、社長の安らかな寝顔がある。

あんなに、奔流みたいに、この身体を流れていったのに、こんなにも健やかな顔で眠っている。それが、ひどく不思議なような、それでいてあたりまえのような気持ちがした。

社長が、うっすらと目をあけた。

「おいで」

そう言われたので、腕の中に迷わず、飛び込む。

「おまえは、あたたかいね」

そう、彼は言った。

「ぼくは、ずっと、ずっと、このあたたかさを探していたんだって思う。そんな気がする」

髪に口づけられ、気がつくと、社長はやすらかな寝息を立てていた。

「これからは、ぼくがずっと、あなたをあたためますよ」

寒くないように。

そして、寂しくないように。

「もう、離れませんからね」

「うん」

眠っていたと思っていた社長が薄く目をあけて、返事をする。

「約束だよ」

それは契約だった。

社長と秘書より、もっと深遠で、さらに強い、絆のための。

あとがき

こんにちは。
読んでいただいて、ありがとうございます。
ナツ之えだまめです。

家電製品は、どうしていちどきに、だめになってしまうのでしょうか。
パソコン、掃除機、洗濯機、衣類乾燥機、灯油ファンヒーター……。
その悲しみと焦りとどたばたの中、書き続けておりました。

私、社長と秘書が大好きで。「あなたの悪さまで、全部知っているんですよ」という秘書に、社長が本気になるのっていいなあって。そこにとりどり、設定を盛り、さらにお子様が追加され、このお話になりました。

ちなみに、アリサは、一歳二ヶ月設定です。
流ちょうにはしゃべれないけど、かなりこちらの話すことは理解している。赤ちゃんっぽいけれど、子どもらしさも見えてくる。ミルクと離乳食だけど、こちらが食べるものに関心がある、まだそこまで歩けないけど、意欲はある。

そういう、絶妙なお年頃です。


そして、一番のお気に入りは、社長が射的をやるところです。

そのシーンを口絵に推薦したのですが、私の思っているそのままが、よりクオリティアップして、仕上がってきて（わかりますか？　このニュアンス）、そのかっこよさに「はうあ！」ってなりました。

イケメンとは、こういうことか……！

社長が、極上です……！

麻々原絵里依先生、ありがとうございます！


そして、今回は……。

担当のAさん、感謝&すみません！

まあ、もろもろ（省略）あったわけですが、後半、友也のテンションがあまりにもマックスになってしまって、「もっと、もっと落ち着かせて！」という指示が山ほど入ったのも、今となっては、なつかしい思い出です。

書き終わってみれば、友也も社長も、そしてアリサも、「え、元から私たちはこうしてここにおりましたよ？」という態度でして、なんで、最初からここにたどり着けないかな、などと思ってしまうのでした。

まあ、そういうものですよね。

いっつも思うんですが、書かないとわからない。書かないと、つかめない。

プロットの段階では、空から「こういう感じでいこう」と思い描くんですが、初稿を書くときには、もっともっと泥臭いです。

書いて、書いて、そして、ようやく、「腑に落ちて」、わかる気がするのです。

などと、申しても。

読まれる皆様におかれましては、ただただ楽しんでいただけたら、幸いです。

ということで、また、次のお話でお目にかかりましょう。

ナツ之えだまめ

✦初出　極上社長と子育て同居は甘くない……………書き下ろし
極上社長との初夜は夢じゃない…………………書き下ろし

ナツ之えだまめ先生、麻々原絵里依先生へのお便り、本作品に関するご意見、ご感想などは
〒151-0051 東京都渋谷区千駄ヶ谷 4-9-7
幻冬舎コミックス　ルチル文庫「極上社長と子育て同居は甘くない」係まで。

幻冬舎ルチル文庫

極上社長と子育て同居は甘くない

2021年3月20日　　第1刷発行

✦著者　ナツ之えだまめ　なつの えだまめ

✦発行人　石原正康

✦発行元　株式会社 幻冬舎コミックス
〒151-0051 東京都渋谷区千駄ヶ谷 4-9-7
電話 03(5411)6431［編集］

✦発売元　株式会社 幻冬舎
〒151-0051 東京都渋谷区千駄ヶ谷 4-9-7
電話 03(5411)6222［営業］
振替 00120-8-767643

✦印刷・製本所　中央精版印刷株式会社

✦検印廃止

ISBN978-4-344-84835-1　C0193　Printed in Japan